ESCUELA DE COCINA
Y DE LA BUENA MESA
3

KARLOS ARGUIÑANO Y JUAN MARI ARZAK

Coordinación de
PATXI ANTÓN

ESCUELA DE COCINA
Y DE LA BUENA MESA
3

Cómo preparar pescados y mariscos

ASEGARCE
DEBATE

Agradecimientos

Autores y editores desean agradecer a las siguientes personas e instituciones su autorización para reproducir las ilustraciones que reseñamos a continuación: A.G.E Fotostock 7, 44a, 57, 123; Mikel Alonso 8, 9ab, 10, 11, 12, 13, 14, 15, 16, 17, 18, 19, 20, 21, 22, 23, 24, 25, 26, 27, 28, 29, 31, 32, 33, 34, 35, 36, 37, 38, 39, 40a, 41, 42, 43, 44ab, 45, 46, 47, 48, 49, 50, 51, 52, 53, 54, 55, 56, 58, 59, 60, 61, 62, 63, 64, 65, 66, 67, 68, 69, 70, 71, 72, 73, 74, 75, 77, 79, 81, 83, 85, 87, 89, 91, 93, 95, 97, 99, 100, 102, 105ab, 106, 107, 108, 109, 110, 111, 112, 113, 114, 115, 116, 117, 119, 120, 121, 122, 124, 126, 127, 128, 129, 130, 131, 132, 133, 134, 135, 137, 139, 141; Zardoya / Kenneth Mengay 118.

Primera edición: marzo 1999

Edición: Editorial Debate, S. A. y Asegarce, S. A.
Coordinación de textos: Patxi Antón
Diseño de Cubierta: Bährle/Sendra
Diseño de interior: Ozono y Miguel Corazón
Fotocomposición y fotomecánica: Alef de Bronce, S. A.

Quedan rigurosamente prohibidas, sin la autorización escrita de los titulares del *copyright,* bajo las sanciones establecidas en las leyes, la reproducción total o parcial de esta obra por cualquier medio o procedimiento, comprendidas la reprografía y el tratamiento informático, y la distribución de ejemplares de ella, mediante alquiler o préstamo.

© Karlos Arguiñano y Juan Mari Arzak
© De esta edición, Asegarce, S. A. y Editorial Debate, S. A., O'Donnell, 19, 28009 Madrid

ISBN: 84-8306-151-1 (Obra completa)
ISBN: 84-8306-158-9
Depósito legal: B.42.136-1998
Impreso en Printer Industria Gráfica, Barcelona
Impreso en España *(Printed in Spain)*

SUMARIO

Presentación 6

PESCADOS

Pescados, introducción y conocimientos básicos 8
Las recetas de Karlos Arguiñano 58
Las recetas de Juan Mari Arzak 76

MARISCOS

Mariscos, calidades y tipos 102
Las recetas de Karlos Arguiñano 126
Las recetas de Juan Mari Arzak 136

Índice 142

Presentación

Hace tiempo que deseábamos hacer una obra explicativa y sencilla de las posibilidades que ofrece el mundo de la gastronomía y la restauración. No era tarea fácil aunar los distintos enfoques que cada uno de nosotros tenemos de la cocina, pero hemos recurrido a un punto común de arranque: la materia prima, los grupos de alimentos, las posibilidades que cada producto nos ofrece, y así presentar nuestras recetas, distintas pero complementarias, y siempre al alcance de los amantes de la buena cocina, que es la que se hace cada día con cariño e ilusión. Añadimos, además, datos históricos, anécdotas, consejos, y, sobre todo, insistimos en los fundamentos, tanto de la cocina como de la mesa, fundamentos que son los que luego permiten que nos movamos con agilidad a la hora de preparar y presentar una receta o un menú.

Así ha nacido esta colección, que esperamos interese a todas aquellas personas que, como nosotros, piensan que la gastronomía y la buena mesa son arte, cultura y ciencia, y una de las formas más placenteras de disfrutar de la vida.

Karlos Arguiñano   Juan Mari Arzak

Patxi Antón

Pescados

Pescados, introducción y conocimientos básicos

La expresión pez es una denominación genérica que se da a una gran variedad de animales vertebrados que habitan en aguas que, además de dulces o saladas, son frías o cálidas.

Una vez más, para iniciar un capítulo tan importante como el de pescados y mariscos, hemos de remontarnos mucho tiempo atrás y observar que, según nos informan los historiadores, los humanos comenzaron su alimentación en base a la caza, para descubrir entonces que entre aquellos abundantes animales que existían en las aguas de sus ríos y mares, pescados y mariscos podían pasar a formar parte de su dieta.

Curiosamente, el primer método de captura de peces por parte de aquellos primitivos consistió en «cazarlos» de alguna manera, bien con rudimentarias lanzas, bien a pedradas, métodos éstos que, como puede apreciarse, distaban en poco de las artes utilizadas para la captura de animales terrestres por entonces. Con el paso del tiempo surgirían la caña de pescar, las redes, las ballestas, los rete-

Pescados

les... y, ya en nuestra época, las modernas piscifactorías que garantizan la presencia en el mercado de pescados de río y de mar, y de mariscos, con total seguridad y a diario.

Pero antes de comenzar a hablar de pescados y mariscos, consideremos que unos y otros son alimentos comestibles, en su inmensa mayoría procedentes de aguas tanto dulces como saladas.

Se sabe que los pescados fueron muy apreciados por civilizaciones antiguas (destacando entre ellas la de Egipto), bien por su abundancia, bien por ser nutritivos y baratos (en especial la carpa, del río, y el atún, del mar). Ya en la Europa de finales de la Edad Media, pescados como el lucio, la carpa o el salmón, todos de río, alcanzaron gran popularidad y estu-

Arriba: arpón de marfil del período de Dorset (h. 900-500 a.C.) hallado en la isla de Baffin, en el Ártico.
Abajo: las técnicas modernas permiten la captura de gran número de peces.

9

vieron presentes en las mesas de la época.

De manera estricta, por mariscos se entiende aquellos animales invertebrados de agua dulce o salada que son comestibles y que están desprovistos de las características espinas de los peces, clasificados dentro de su extensa variedad en dos grandes grupos: los crustáceos y los moluscos.

Así pues, tanto pescados como mariscos son elementos indispensables de una dieta saludable, que —ya los veremos más adelante— aportan gran cantidad de nutrientes al organismo, dando pie a muchí-

Son muchos los métodos empleados para la captura del pescado y el marisco.
Arriba: un pescador de pulpos preparando las artes para una peculiar técnica, en la que las vasijas se colocan a modo de trampa; cuando el pulpo entra en una de ellas, no sabe luego salir.
Abajo: niño con retel para cangrejos.

simas, por no decir infinitas, maneras de ser degustados.

Calidades y tipos de pescados

El aspecto más importante a considerar, tratándose de pescado, es, indiscutiblemente, la calidad del mismo, sea del tipo que fuere. Sobre el particular, hemos de atender siempre a los siguientes puntos de análisis previo:

— Procedencia. No es igual un pescado procedente de aguas bravas (dulces o saladas) que otro de aguas tranquilas. Los procedentes de aguas más bravas o batidas son de complexión más musculosa, por lo que su carne es compacta, resultando más sabrosa.

El pescado se selecciona recién capturado en alta mar, preparándose en cajas para ser vendido en la lonja.

— Tiempo transcurrido. Este punto se refiere al tiempo transcurrido desde la captura del pescado hasta su elaboración; lógicamente, procuraremos que haya pasado el menor tiempo posible entre una y otra condición.

— Sistema de pesca utilizado. Del sistema de pesca utilizado depende que el pescado llegue en mejores o peores condiciones. Claro ejemplo de ello lo constituye la más alta cotización en el mercado del pescado de anzuelo que el de «arrastre» con redes. En el primer caso, la carne será más compacta y jugosa que en el segundo, en el que la carne será más blanda.

— Grado de frescura. Es éste el punto primordial, el que indicará el valor de calidad del pescado, es decir, su grado de frescura. Éste puede ser determinado sin la menor duda ateniéndose a los siguientes puntos:

Una vez en tierra firme, el pescado es llevado a la lonja, donde se determinará su precio dependiendo de la calidad y la cantidad de la pesca.

Pescados

1. Las agallas estarán limpias y serán de color rojo vivo y sanguinolentas.

2. El globo ocular será muy limpio y transparente, así como terso y resaltante, no hundido.

3. Al tacto, hemos de notar que el pescado esté terso; en ningún caso blando o fláccido.

4. La piel será brillante y húmeda.
5. Su olor deberá ser a mar agradable, lo que siempre será garantía de frescura.

El punto especificado en último término es importantísimo. Una vez atendido, y antes de ingresar con el pescado en la cocina, procederemos a una clasificación posible dentro de lo permitido por la inmensa cantidad de variedades existentes. Si bien los expertos cifran en más de veinte mil el número de éstas en los ríos y mares del mundo, debe tenerse en cuenta que en el mercado nacional no se encuentran en las pescaderías más de doce o quince de ellas, de las aceptadas por la clientela dispuesta a consumirlas. En otros países —un ejemplo es Japón— tal cifra es superada con creces, siendo abastecidos a diario los mercados con más de cincuenta especies a la venta.

Una clave de clasificación —la que sigue— se basa en el contenido en grasa:

Pescados blancos. Conocidos también como pescados magros. Son los que poseen muy bajo nivel de grasa, que, en cualquier caso, no sobrepasa el 2 por 100. Hay quienes les otorgan medio punto más, situando el pescado blanco entre el 0 y el 2,5 por 100 de

Arriba: en los mercados españoles se encuentran normalmente las doce o quince variedades de pescado más consumidas en nuestro país.
Abajo: vivero de rodaballos. El rodaballo es uno de los pescados considerados blancos.

Pescados

contenido en grasa. A este grupo pertenecen la merluza, el lenguado, el rape, el gallo y el rodaballo.

Pescados semiblancos. Conocidos también como pescados rosados, semigrasos o semiazules. Ello, por estar situados en el grupo intermedio entre los blancos y los azules, por lo que tales denominaciones no resultan extrañas. Son los que poseen un porcentaje de grasa que se encuentra entre el 2 y el 5 por 100. A este grupo pertenecen la lubina, la dorada y el salmonete.

Pescados azules. Conocidos también como pescados grasos. Son los que poseen un porcentaje de grasa que siempre supera el 5 por 100. Más aún, se da el caso de que algunos lleguen al 26 por 100, como la anguila. Es éste el grupo más numeroso, perteneciendo a él, además de la anguila, el atún, el bonito, la caballa, la sardina, la anchoa y los pescados de río en general (trucha, salmón, lucio...).

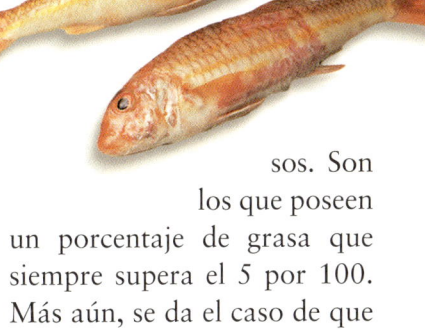

Arriba: el salmonete es un pescado semiblanco que abunda en el Mediterráneo.
Abajo: la trucha, uno de los pescados de río más apreciados, se cocina de varias formas, siendo bastante común consumirla ahumada.

Conviene observar que existen pescados que, dado su proceso evolutivo, pueden ser clasificados en uno u otro grupo, dependiendo ello del nivel de grasa que posean en determinado momento.

Análisis del despiece y métodos de tratamiento culinario de los pescados

Análisis del despiece

En el tratamiento del pescado, hay que tener en cuenta que no todos los pescados han de ser despiezados. Algunos de ellos, como veremos, pueden ser cocinados enteros, o bien, simplemente, son de ración.

En caso de contar con un pescado fresco que deba ser despiezado, los pasos a dar son los siguientes:

1. Abrir el vientre con un cuchillo o tijera de pescado, des-

En estas imágenes vemos los pasos a seguir para el despiece del pescado: 1 se abre el vientre, 2 se retira el vientre, 3 se retiran las agallas y se lava con abundante agua fría, 4 se desescama y se cortan las aletas.

de el ano hasta la cabeza, y vaciar las tripas del pescado. Esta operación se denomina *eviscerar*, y puede ser realizada por el mismo vientre, siendo éste el método más común. Otro consiste en eviscerar por las agallas, a partir de donde, estirando, extraeremos todas las tripas del pescado. Este segundo método es una técnica utilizada en caso de que el pescado deba ser presentado en la mesa entero y relleno.

2. Retirar del vientre, en especial, una telilla oscura que lo recubre. De lo contrario, la misma transmitirá un desagradable sabor amargo.

3. Retirar las agallas y lavar con abundante agua corriente fría.

4. Desescamar y cortar las aletas.

5. Retirar la piel o las espinas (despellejar) de aquellas especies que así lo exijan.

Normalmente, el despiece del pescado se realiza como queda explicado en este punto, siendo asimismo frecuente, en comunidades como la vasca, la utilización de una parte exquisita de peces como la merluza (las kokotxas, en esta imagen).

Las formas más comunes de cortar el pescado son las que se detallan a continuación:

— Filetear. Operación mediante la cual se extraen del pescado varias partes más largas que anchas, denominadas filetes de pescado, que no deben poseer espinas. De algunas especies (trucha, pescadilla, salmonete...) se obtienen únicamente dos filetes de pescado; y de otras (rodaballo, lenguado, gallo...), cuatro. Todo depende, lógicamente, de la morfología del pescado.

Pescados

— Pescado de ración. Nos hallamos ante el caso que únicamente exige eviscerar y desescamar, pues afecta a los pescados destinados a un solo comensal. Cada pescado, en esta condición, suele pesar alrededor de 300 gramos. Por supuesto que los hay más pequeños, como las anchoas o los pescados de mayor tamaño pero a los que se desea tratar con un despiece; pero, entonces, no hablaríamos de pescados de ración.

— En rodajas. Se trata de un corte vertical del pescado, que incluye piel y espinas, conocido asimismo como «corte en trancha». Las rodajas se extraen de pescados compactos y cilíndricos.

— En supremas. Es una especie de pequeño y fino filete, extraído de grandes piezas sin piel y sin espinas. Las supremas son conocidas también como escalopes, escalopas o escalopines.

— En medallones. Los medallones se consiguen cortando verticalmente el centro del lomo de un pescado grande.

El método para cortar pescados largos (del estilo de la merluza) consiste en hacer un corte con la punta del cuchillo en el pescado desde la cabeza hasta la cola, por detrás y en línea recta, hendiendo poco a poco hasta obtener dos grandes secciones (filetes).

Página anterior. En estas imágenes se observan las formas más comunes de cortar el pescado: 1 filetear, 2 pescado de ración, 3 en rodajas, 4 en supremas, 5 en medallones. En esta página, estudiantes de cocina practicando los métodos de limpieza y despiece del pescado con merluzas frescas. Es importante preparar bien el pescado antes de cocinarlo.

Los grandes cocineros conocen bien los detalles a tener en cuenta para elegir un buen pescado.
En la imagen, Karlos Arguiñano observando las características del atún y del bonito.

El corte en rodajas es aplicable a un pescado largo y grueso. Se consigue cortando con un cuchillo ancho y fino (media luna) en tranchas (o rodajas), teniendo la habilidad de hacerlo con sumo cuidado. Ello porque tras el corte de la piel y la carne del pescado, el de la espina se efectuará con un ligero movimiento de muñeca, buscando el punto de separación exactamente a través de la espina central.

En caso de tener que preparar un pescado liso y ancho (por ejemplo, lenguado), se procederá del siguiente modo: se comienza por arrancarle la piel haciendo una pequeña incisión en la cola; luego, se retira de un tirón la piel por las dos caras del pescado (hay quien se ayuda de un trapo para esta operación); finalmente, y si así se lo desea, se obtienen cuatro filetes.

Tratamiento culinario

Los pescados pueden ser cocinados de multitud de formas, dependiendo ello de su variedad, tamaño, condición de frescura, o de su congelación y si es desalado... Sea como fuere, es éste el apartado culinario que, según los cocineros, ofrece más campo de desarrollo y creatividad.

En la preparación de pescados (a la parrilla, al horno, al vapor, escalfados, en papillote, a la plancha, fritos, en caldo corto, empanados, rebozados, gratinados...) se ha de tener sumo cuidado en conseguir su *punto* sin que llegue a pasarse, pues entonces resultaría seco. Cualquiera que fuere la técnica empleada en su elaboración, e independientemente del tipo de pescado utilizado, el mismo jamás ha de verse sometido a una cocción prolongada o a un hervor excesivamente fuerte.

Consideramos a continuación cuatro técnicas culinarias aplicables al pescado: cocido, frito, en salsa y asado.

Cocido

Ante todo, hay que diferenciar distintas técnicas de cocción: escalfado, en caldo corto, al vapor y al azul.

El bacalao es uno de los pescados que más fases pasa en el proceso de preparación, ya que es muy común conservarlo en salazón. A la hora de consumirlo es preciso desalarlo bien.

— Escalfado. Es un tipo de cocción en un líquido, compuesto por lo general de agua y aromas, consistente en introducir la pieza o trozo en el mismo, exactamente por debajo del punto de ebullición. Este suave método ayuda a conservar la delicada textura de algunos pescados, como el salmón, la trucha y el lenguado.

— En caldo corto. Consiste en introducir el pescado durante el tiempo necesario, siempre pendientes de que no se nos pase, en un sabroso caldo aromatizado, preparado con antelación.

El caldo corto suele elaborarse con agua, verduras (zanahoria, cebolla, puerro...), hierbas aromáticas (perejil, romero...), vino blanco seco y alguna especia (pimienta) y sal. Todo deberá ser puesto durante unos 20 minutos a fuego lento; una vez que con sus ingredientes se haya conseguido un caldo homogéneo, se añadirá el pescado. Hay quienes gustan de añadir a este preparado unas gotas de limón o de vinagre.

Otras técnicas de caldo corto incluyen el vino tinto en vez del blanco; o el escalfado en únicamente leche con unas rodajas de limón, una hojita de laurel y unos granos de pimienta blanca.

Pero la técnica más común de las empleadas por los cocineros es la indicada con anterioridad.

— Al vapor. Cocción al vapor es la técnica mediante la cual un pescado es sometido a cocción únicamente en base al calor producido por el vapor desprendido por el líquido aromatizado en ebullición. Este método garantiza la textura del pescado y la permanencia de sus valores nutricionales, que no desaparecen con el líquido ya que no existe contacto entre éste y aquél.

cazuela «doble» cuya sección media presente orificios, y cuya parte superior disponga de una tapadera. De este modo, en la parte inferior de la cazuela se verterá el líquido salado (o, mejor aún, un caldo de verduras y hierbas), depositándose el pescado en la superior, sobre la base

Pescados delicados como el lenguado o los salmonetes pueden ser cocidos al vapor, resultando muy sabrosos acompañados de una salsa.

Aun existiendo una máquina denominada vaporera, que somete a vapor a presión la cocción de pescados, proponemos aquí un método más convencional: utilizar, prescindiendo de la alta tecnología, una vaporera más sencilla y barata, consistente en una

En estas imágenes vemos las técnicas de cocción: 1 escalfado, 2 en caldo corto, 3 al vapor, 4 al azul.

metálica provista de orificios. Una vez tapada la cazuela, hay que proceder a una cocción a fuego medio constante para obtener un excelente resultado.

Existe asimismo otra forma muy sencilla de cocer el pescado al vapor en una cazuela de altura mediana, que admita en su interior una cesta metálica que se apoye en el borde de aquélla, sin rozar en ningún momento el líquido situado en el fondo.

— Al azul. Cocción conocida asimismo como *au bleu*. Consiste en la cocción del pescado en su caldo, con verduras o sin ellas, donde abunde el limón o el vinagre. El género tendrá que ser introducido en caliente. Una vez cocido, el mismo adquirirá una tonalidad verdeazulada producida por el ácido cítrico y el acético que forman parte de los ingredientes citados.

Frito

Dicho de manera coloquial, este método culinario implica que el pescado es cocinado en el seno de una grasa. Pero, para evitar que sea impregnado por la misma, es recubierto con alguna sustancia o preparado, lo que determina diferencias en sus características y denominación: enharinado, a la molinera, rebozado, empanado y en orly.

— Enharinado. Si bien es cierto que hay quienes suelen freír el pescado sazonado únicamente con sal, nosotros recomendamos que, a la hora de someterlo a la fritura en grasa, esté, como mínimo, enharinado.

Para este tipo de fritura, se

trata por lo general de emplear piezas pequeñas con piel y espinas sazonadas con sal gruesa y ligeramente enharinadas, que deben ser fritas en abundante aceite caliente (o en las freidoras de uso corriente). El método es denominado, asimismo, gran fritura o frito a la andaluza.

— A la molinera. Los fritos a la molinera son preparados con filetes o piezas medianas (por ejemplo, lenguado o trucha). Consiste en sumergir el pescado en leche, para después sazonarlo, enharinarlo y freírlo en mantequilla (se puede añadir un poquito de aceite). Cuando el pescado esté casi a punto, en la misma sartén se agregará zumo de limón y perejil fresco picado.

— Rebozado. El rebozado se emplea en piezas pequeñas enteras, o cortadas en partes (medallones, supremas), sazonando el pescado con sal gruesa y pasándolo por harina y huevo batido. Las piezas tienen que ser fritas en un dedo de aceite, y el color dorado que adquieran marcará el punto final del rebozado. El método es denominado, asimismo, frito a la romana.

— Empanado. La denominación hace referencia al empleo

Para evitar que el pescado quede grasiento al freírlo, se recurre a técnicas de distintas características y denominación:
1 enharinado, 2 a la molinera, 3 rebozado, 4 empanado, 5 en orly.

de filetes o medallones de pescado sazonados y pasados por harina, huevo batido y pan rallado antes de ser fritos en una sartén a fuego medio con un dedo de aceite. Hay quienes denominan empanado al pescado pasado únicamente por pan rallado; esto no debe ser admitido como tal ya que, como se ha visto, en el empanado del pescado intervienen otros ingredientes que lo enriquecen.

Hay cocineros que suelen completar esta cocción del pescado con un «golpe» de horno.

— En orly. Método por el que pequeñas piezas de pescado son fritas en abundante aceite caliente, en gran fritura, pasándolas previamente por una masa esponjosa denominada orly, que se confecciona a base de harina, levadura, bebidas carbónicas (sifón, cerveza o gaseosa), agua y sal. El método es denominado, asimismo, frito en gabardina.

En salsa

Para los pescados en salsa se utilizan los de carnes duras

El pescado a la plancha es tal vez la forma más sencilla de prepararlo.

La merluza en salsa verde es uno de los pescados en salsa más apreciados de la gastronomía vasca.

(rape, lubina, rodaballo, merluza, bacalao), pues son los que mejor soportan la cocción. Se suelen preparar en medallones, en tranchas o en lomos.

Si bien hay quienes, para ligar adecuadamente las salsas de platos de pescado, utilizan harina o féculas, nosotros preferimos evitar añadir estos ingredientes; sobre todo teniendo en cuenta que el pescado posee gelatina, lo que de por sí proporciona una suculenta salsa (tales los casos del bacalao al pil-pil y el de la merluza en salsa verde).

Entre las muchas salsas que combinar con pescados, las más comunes son: salsa de tomate, salsa de calamares, salsa verde (con perejil), salsa de algún vino o sidra, salsa de pimientos, salsa americana (con mariscos). Téngase en cuenta que hierbas aromáticas frescas, vinos blancos secos, cava, sidra, txacolí —así como hortalizas frescas y agua— son ingredientes básicos y fundamentales a la hora de elaborar un pescado en salsa.

Asado

Asado es el pescado cocinado con una pequeña cantidad de grasa a la parrilla, a la plancha o al horno.

Para la parrilla se emplean piezas pequeñas o medianas (sardinas, trucha, besugo); se preparan sobre una parrilla al calor directo de unas brasas controladas.

En caso de utilizarse la plancha, también hay que procurarse pescados pequeños o trozos (tranchas) a los que se someterá al calor de una plancha de cocina sumamente caliente. Las mejores planchas del mercado son las de cromo.

En los pescados al horno se utilizarán los medianos, e incluso los grandes. Puestos en horno medio o alto, serán preparados al gusto.

Puede añadirse a los pescados asados algún preparado que les dé un poco de gracia, evitándose así que queden secos o sosos. Una fórmula sencilla consiste en preparar un refrito de ajo y perejil finamente picados, con un poco de zumo de limón; y, dependiendo del pescado, con un arito de guindilla seca.

Pero hay otras curiosas formas de asar:

pescado de tamaño mediano, el horno, entre medio y alto, deberá actuar durante 30 a 45 minutos. Finalmente, golpeando con una maza o martillo se apartará la sal, que habrá conformado un bloque.

— En papillote. Se comienza

Página anterior: el pescado a la parrilla requiere cuidado en el momento de girar las piezas, pues éstas se deshacen fácilmente si se las asa demasiado.
Esta página: en estas dos imágenes vemos dos formas de asar el pescado; a la izquierda, pescado a la sal, y a la derecha, pescado en papillote.

— A la sal. Un rodaballo, un besugo o una dorada pueden ser asados a la sal en una placa de horno profunda. Se instala un fondo de sal marina humedecida, y, sobre ella, el pescado entero; que, a la vez, será cubierto con sal. Para un

por envolver un pescado frío de tamaño pequeño (o una trancha o un medallón) previamente sazonado con un papel (de ahí su denominación) engrasado por su cara interior; este papel bien puede ser del de tipo aluminio. Se hornea una vez cerrado con firmeza el papel, sirviéndose tal cual en el plato. E incluso, en el momento de envolver el pescado, se puede acompañar con algunas hierbas y verduritas frescas.

Las guarniciones

Resultan muy interesantes las distintas guarniciones o acompañamientos que ayudan a completar las elaboraciones con pescado.

En este punto nos limitaremos a comentar que verduras, e incluso frutas, son las que triunfan en este campo, desde el perejil frito hasta las patatas horneadas cocidas, pasando por pequeños tomates asados; e incluyendo al simple trozo de limón fresco y canelado para un mejor efecto decorativo.

Detallamos en este cuadro los pescados más comunes, sus posibles preparaciones culinarias y otros detalles de interés.
Nota. Algunos datos ofrecidos en este esquema pueden experimentar oscilaciones que dependen en gran parte de la zona de procedencia de la pesca y de si el pescado es fresco o congelado.

Especie	Época	Tamaño	Peso	Cocido	En salsa guisado	Frito	Asado
Anchoa	❋❋	7-10 cm.	50-75 g.			o	o
Anguila	❋❋❋❋	50-100 cm.	500-1.500 g.	o	o	o	
Atún	❋	100 cm. o +	15-50 kg.	o	o	o	o
Bacalao	❋❋❋❋	100 cm. o +	10-15 kg.	o	o	o	o
Besugo	❋❋❋❋	30-75 cm.	1-3 kg.			o	o
Bonito	❋	100 cm. o +	5-25 kg.	o	o	o	o
Caballa	❋❋	15-25 cm.	200-300 g.			o	o
Chicharro	❋❋	25-50 cm.	250-500 g.			o	o
Congrio	❋❋❋❋	100-200 cm.	2-6 kg.	o	o		o
Dorada	❋❋❋❋	30-50 cm.	1-2 kg.	o	o	o	o
Gallo	❋❋❋❋	20-40 cm.	250-1.000 g.		o	o	o
Lenguado	❋❋❋❋	25-50 cm.	500-2.000 g.		o	o	o
Lubina	❋❋❋❋	40-100 cm.	1-5 kg.	o	o	o	o
Merluza	❋❋❋❋	40-100 cm.	2,5-6 kg.	o	o	o	o
Mero	❋❋❋	75-200 cm	2-8 kg.		o		o
Rape	❋❋❋❋	40-100 cm.	1-5 kg.	o	o		o
Rodaballo	❋❋❋	35-100 cm.	1-8 kg.	o	o		o
Salmón	❋❋	50-100 cm.	1-5 kg.	o	o	o	o
Salmonete	❋❋	15-25 cm.	150-300 g.			o	o
Sardina	❋❋	10-20 cm.	50-200 g.			o	o
Trucha	❋❋	20-50 cm.	200-2.000 g.		o	o	o

Pescados

Pescado preparado para refrigerar. Antes se lo habrá limpiado correctamente.

Conservación de los pescados

Los pescados admiten un amplio abanico de posibilidades a la hora de su mantenimiento y conservación.

Pese a ello, recomendamos con insistencia el consumo de pescado fresco (el recién capturado) pues se tiene así la garantía de que el alimento aporte en mayor grado sus nutrientes al organismo.

Entre las posibilidades de conservación del pescado se cuentan, entre otras: refrigeración, congelación, secado, salazón, en escabeche, enlatado/embotado, ahumado y al vacío.

Refrigeración. Con variaciones según la especie, el pescado admite una conservación normal en refrigerador entre 0 °C y 2 °C durante un máximo de tres días. Con todo, recomendamos consumirlo a más tardar el segundo día. Debe tenerse en cuenta que, antes de ser refrigerado, el pescado habrá sido limpiado correctamente.

Una medida interesante a tomar es añadir hielo picado al pescado, una vez instalado éste en una fuente amplia o en una caja de plástico.

Congelación. Una vez eviscerado y desescamado (por consiguiente, bien limpio), el pescado será introducido en un papel o plástico higienizado que incluirá una leyenda con indicación de la fecha en que es introducido en el congelador. Éste, regulado entre –1 ºC y –10 ºC, garantizará la vida del producto al menos durante un mes. Todo dependerá, por supuesto, de la categoría y la potencia del congelador.

Recomendamos no congelar jamás un pescado que no dé garantía al 100 por 100 de frescura, o que incluso hubiera sido pescado por nosotros mismos. En el primer caso, podría ocurrir que congelemos como fresco un pescado que pudo haber estado congelado con anterioridad, en el punto de compra. Es esto algo que *nunca* debemos hacer; es decir, no congelaremos nuevamente un pescado una vez que ha sido descongelado.

Además, es necesario descongelar correctamente el pescado. Para ello, una vez que se ha decidido descongelarlo, tendremos que introducirlo en el refrigerador; aquí, y con el correr de las horas, quedará fresco y natural para ser cocinado tal como deseemos.

Secado. Método empleado fundamentalmente para el bacalao. Se conoce también como método de curado.

Consiste en orear durante semanas un pescado fresco, previamente limpio, sin cabeza ni tripas. Se trata de un método curioso y ancestral, todavía vigente aunque no en gran medida, ya que no es muy aceptado en la cocina actual.

Página anterior: pescado congelado.
Esta página: secado o curado.

Salazón. Es éste un método antiquísimo de conservación, vigente en la actualidad.

El bacalao vuelve a hacerse presente aquí como protagonista, ya que se trata de un pescado más apreciado en salazón que fresco.

La técnica del salazón consiste en apilar el pescado, previamente limpio y abierto, en capas que se mezclan con sal en una proporción de 2 a 3 kilos de sal por cada 10 kilos de pescado. Introducido en tinas, mediante sus jugos el pescado disolverá la sal; transcurrirán así un par de días, momento en el cual se lo dispondrá al oreo para su secado definitivo con la sal incrustada.

Para desalar un pescado, recomendamos hacerlo cambiando dos o tres veces el agua tibia a lo largo de cada veinticuatro horas.

En caso de que,

El proceso de salazón pasa por tres técnicas básicas: 1 se limpia bien el pescado y se abre, 2 se cubre con abundante sal, 3 se dispone para el secado.

en alguna ocasión, un pescado salado oliese mal antes de ser desalado, hemos de rechazarlo, ya que entonces podría ocurrir que hubiese sido tratado de manera inadecuada, por lo que no habría estado en buenas condiciones de conservación.

En escabeche. El atún, las sardinas y el bonito son algunos de los pescados que admiten este tradicional modo de conservación. Consiste el mismo en limpiar bien el pescado y apilarlo, entero o en filetes, y con sal, en barriles de madera prensados (por ejemplo, en el caso de las anchoas) con el fin de que sus jugos salgan y se genere así una salmuera. Por supuesto, se procede luego a su enlatado.

Otras técnicas incluyen vinagre, o incluso aceite. Así, truchas, sardinas, salmonetes en escabeche serán pescados que, una vez limpios y fritos o cocidos, quedarán cubiertos por un escabeche compuesto de aceite de oliva, vinagre, sal, granos de pimienta, laurel, tomillo y verduras que enriquezca el preparado (de zanahoria, cebolleta, puerro y ajo).

Enlatado/embotado. Son éstas técnicas basadas en procesos industriales, ya que necesitan un tratamiento que garantice la conservación a largo plazo de especies tan delicadas como los pescados. La industria conservera procede a minuciosos seguimientos de sus conservas, que incluyen la impecable esterilización de latas y frascos, la adecuada limpieza y el correcto troceado del pescado, la introducción aséptica del mismo en los envases, el control exhaustivo de las temperaturas en el enlatado o embotado, para final-

La anchoa es uno de los pescados que solemos encontrar enlatados; en esta imagen, preparación de anchoas con aceite.

mente, una vez cumplimentadas estas operaciones, indicar de manera clara en el envase la fecha de caducidad del producto.

Para el caso, el aceite de oliva es el elemento conservante por excelencia, siendo el escabeche el otro método aplicado.

Ahumado. Técnica recomendada para pescados como trucha, arenque, esturión, salmón y anguila.

Enteros o en filetes, estos pescados suelen ser ahumados en hornos especiales cuyo humo de serrín puede alcanzar elevadas temperaturas *cociendo* de alguna manera la pieza de pescado, sobre todo si ésta es pequeña. El pescado

Entre los pescados que más se prestan a la técnica del ahumado se encuentra, de manera destacada, el salmón.

suele ser impregnado de salmuera antes de ser ahumado.

Este método de curado con humo tiene seguidores que dicen apreciar tan especial saborcillo; y, también, detractores puristas que no entienden tal posición, afirmando que el humo enmascara el sabor del pescado.

Al vacío. Moderno sistema consistente en envasar el pescado limpio, entero o en trozos, en bolsas asépticas; el proceso cuenta con maquinaria especial capaz de extraer el aire, quedando la bolsa adherida al pescado. Una vez completada esta operación el pescado es introducido en frío, bien de refrigeración, bien de congelación, para así garantizar su conservación.

La técnica de envasado al vacío requiere maquinaria y plástico adecuados; de otra forma, no tendremos garantía de conservación. Hoy en día existe en el mercado una amplia gama de utensilios para envasar alimentos que nos permiten conservarlos óptimamente.

De un 70 a un 80 por 100 de agua.
De un 15 a un 22 por 100 de proteínas.
De un 1 a un 25 por 100 de grasas.
De un 0,1 a un 1 por 100 de sales minerales (fósforo, sodio, calcio y yodo).
Vitaminas (A, B, D).

Nos hallamos, pues, ante un género que ofrece al consumidor unos excelentes parámetros nutricionales, así como una digestibilidad muy a tener en cuenta por parte de estómagos delicados.

Hemos indicado ya, hacia el inicio de este volumen 3 de *Escuela de cocina y de la buena mesa,* que los pescados pueden ser clasificados claramente según su nivel porcentual de grasa. Los más grasos son los azules, siendo blancos los menos grasos. La ciencia médica ha conseguido demostrar ya que no sólo son recomendables los pescados denominados blancos debido a su bajo contenido de grasas, lo que facilita su inclusión en

Valores nutritivos de los pescados

Es indudable que el pescado es un producto que, obtenido en ríos o mares, aporta sustancias nutritivas fundamentales para la vida humana. Estas sustancias pueden ser desglosadas, de manera muy general, según la siguiente composición química:

diversas dietas, sino también los azules, pues éstos contienen sustancias naturales que ayudan a reducir en grado importante el colesterol.

Debe tenerse en cuenta que, a la hora de cocinar el pescado, éste aporta más o menos nutrientes naturales, y puede ser más o menos digestivo, según se lo trate.

Por ejemplo, un pescado cocido en agua siempre tiene que ir acompañado por algunas verduras frescas. En este caso, a la ventaja de contar con un pescado digestivo que puede perder en la cocción hasta un 15 por 100 de su contenido de grasa hay que contrarrestarle la desventaja de la pérdida de vitaminas y proteínas. Si bien es ésta una ingesta recomendada para dietas blandas, consideremos

Como todo gran cocinero, Juan Mari Arzak es a la vez sumo conocedor del pescado, materia prima para exquisitos platos.

que mejores resultados aporta a este tipo de dietas la cocción al vapor, mediante la cual los nutrientes experimentan una mínima pérdida.

Si el método empleado para tratar el pescado fuese el del asado al natural en horno, plancha o parrilla, el pescado perderá algo de agua, conservando en cambio vitaminas y proteínas. Se trata de un método recomendado para todo tipo de situaciones, pues encaja en cualquier dieta.

En cuanto al pescado frito y rebozado, en cualquiera de estas dos técnicas culinarias habrá que tener en cuenta que la grasa aumentará (y con ello el aporte calórico) entre un 15 y un 20 por 100 debido a la adición de aceite.

En las elaboraciones en salsas, si bien los jugos del pescado quedan contenidos en ellas, todo terminará dependiendo del tipo de salsa que se elabore.

A la hora de configurar cualquier dieta que incluya pescado, tendremos en cuenta el porcentaje de grasa del mismo, lo que derivará del hecho de que éste sea blanco, semiblanco o azul, tal como anteriormente indicábamos.

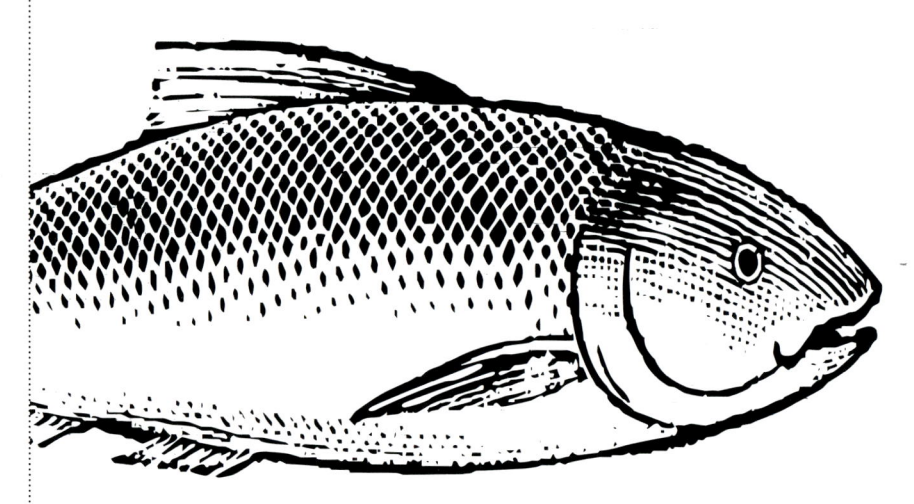

Pescados

Consejos y trucos sobre pescados

Recomendamos paciencia, por supuesto, y la ayuda de unas pinzas metálicas, para eliminar las siempre incómodas y sobre todo peligrosas espinas de cualquier pescado (en especial, las del bacalao).

A la hora de arrancar la piel de un pescado (del tipo del lenguado o del rape), y puesto que la misma se presenta muy adherida a la carne, es apropiado utilizar un paño seco para evitar que se deslice la mano al tirar de aquélla.

En el tratamiento de los pescados en crudo resulta muy importante trabajar con cuchillos finos y muy afilados, para así desespinar y/o extraer con

Arriba: poco conocida, la raya es un pescado que también nos permite su uso culinario.
Abajo: las tijeras de cocina son muy útiles para limpiar el pescado, usándoselas sobre todo para cortar las aletas y la cola.

facilidad filetes (o la propia piel). No hay que olvidar la fragilidad del género y los pésimos resultados que obtendríamos en caso de emplear un cuchillo grueso y pesado, apto sólo para carnes rojas.

Si deseamos que el pescado quede más jugoso, hay que mantenerlo cubierto con leche en crudo media hora antes de su cocción. Este método es especialmente recomendado si el pescado va a ser sometido a fritura.

Si un pescado se nos resbala o desliza con frecuencia, hay que frotarlo con un paño húmedo en el que se habrán vertido gotas de vinagre o limón.

Si se desea aprovechar el aceite sobrante al finalizar una fritura de pescado, se tiene que comprobar en primer término que el mismo esté todavía en buenas condiciones; y, en segundo término, hay que colarlo y verterlo en un recipiente previsto al efecto. Jamás debe ser sumado a una aceitera que incluya aceite de carnes.

Es preferible adquirir pescado fresco capturado con anzuelo que el de arrastre en redes, pues las carnes del primero resultan más duras y jugosas (caso de la merluza).

En cuanto a los pescados de agua dulce (trucha o salmón), recomendamos enterarse de su origen: los mejores serán los procedentes de aguas salvajes de ríos limpios y oxigenados, al contrario de los pescados en lagos o pantanos o, incluso, de aquellos provenientes de piscifactorías.

Siempre que se fuere a adquirir un pescado no muy grande, es preferible pedirlo entero. Aun cuando el pescadero pudiese limpiarlo, y si se lo desea troceado, hay que solicitar la cabeza y las espinas ya que con ellas pueden prepararse caldos y salsas exquisitos.

Aunque con excepciones, los vinos que mejor acompañan la elaboración de cualquier pescado son los blancos secos.

El pescado debe ser incluido en la dieta diaria entre dos y tres días por semana. Y no valen disculpas —afirmar por ejemplo que está muy caro— pues en el mercado existen excelentes pescados frescos a precio asequible; existiendo en última instancia la posibilidad de consumir pescado congelado.

Resulta adecuado tener unos mínimos conocimientos de las especies de nuestros pescados más utilizados, con lo cual —y a sabiendas de sus niveles de grasa o momento

Aparejos preparados para la pesca con anzuelo en alta mar; el cebo, en este caso, es otro pez.

óptimo de consumo (incluimos tablas orientativas al respecto en este volumen)— podremos acertar con la máxima precisión tanto en la compra como en los menús que prefiramos.

ANGUILA

Comentario general sobre pescados

Efectuamos a continuación una síntesis de las principales características de los pescados más conocidos.

Anchoa. Este pescado menudo es también conocido como boquerón. Tal denominación le es dada por el enorme tamaño de su boca. Es uno de los pescados azules más finos y apreciados, tanto en fresco como en conserva. Curiosamente, es más fácil encontrarlo así en el mercado. Debe reconocerse que se encuentran exquisitas anchoas enlatadas en aceite.

Anguila. Es éste el pescado azul por excelencia dado su elevado nivel de grasa, pudiendo alcanzar, o incluso superar, la barrera del 25 por 100 de la misma. Por ello puede resultar poco dietético. No obstante, no cabe duda de que la anguila es sumamente sabrosa.

Dada la dificultad de su obtención, no es fácil encontrarla en el mercado, por lo que recomendamos consumirla frita o en salsa. También ahumada, la anguila supone un bocado exquisito.

La especie se desarrolla con suma rapidez, siendo capaz de recorrer miles de kilómetros en sus desplazamien-

ANCHOAS

Pescados

ATÚN

tos entre Europa y el mar de los Sargazos, en las cercanías de las Bermudas, con el fin de desovar. Sus crías, las angulas, son muy apreciadas, alcanzando precios astronómicos en el período navideño.

Atún. Pescado carnoso, que alcanza grandes dimensiones en alta mar. Curiosamente, es más conocido en lata que fresco. En cualquier caso, si es fresco, preparado a la parrilla o con salsa de tomate y con una piperrada, es plato obligatorio en la temporada veraniega.

Bacalao. Uno de los pescados más apreciados a nivel mundial. Genera gran respuesta comercial e industrial en sus países y regiones productores por excelencia, Terranova, Islandia y Noruega. Admite cualquier aplicación culinaria, siendo su carne blanquecina y blanda. Se lo puede adquirir en el mercado con suma facilidad: salado, fresco, congelado e incluso ahumado. Dependiendo de la calidad, es pescado de precio por lo general bastante asequible y es muy recomendado desde el punto de vista nutricional.

BACALAO

BESUGO

Besugo. De piel color gris rojizo, su carne firme y suculenta, de agradable sabor y aroma, lo vuelve muy apetecible y bien cotizado. Son multitud sus especies. Se puede conseguir en cualquier época del año, debiendo ser su adquisición siempre de una pieza, entero y fresco. El mejor modo de prepararlo es asado, tanto al horno como a la parrilla. Los meses de diciembre y enero, con todo, son los más recomendados para su consumo.

Bonito. De tamaño más pequeño que el atún, y perteneciente a la misma familia, se hace presente en el mercado en verano, siendo esta época el momento óptimo para su consumo. Además de poder ser consumido en lomos o rodajas, es posible conseguir que la parte de la ventresca del bonito resulte un manjar sabiéndolo preparar al horno, a la plancha o a la parrilla. Se puede adquirir todo el año enlatado o embotado, conservado en aceite.

BONITO

Pescados

CABALLA

Caballa. Pescado azul de carne compacta y oscura, la caballa es conocida asimismo, en el Cantábrico, como verdel. Aun cuando se la puede conseguir durante casi todo el año, el término de la primavera es su mejor momento.

La caballa es, estéticamente, un pescado muy bonito debido a su coloración entre plateada y azul verdosa y con un trazado de líneas oscuras. Dado su gran número de espinas, da cierto trabajo en la cocina, pero lo recomendamos por lo sabroso que resulta: la caballa asada, aderezada con un buen aliño, gusta a todos.

Chicharro. Conocido en algunas zonas, asimismo, como jurel. Es un pescado azul que presenta características culinarias y nutricionales semejantes a las de la caballa o el verdel. Una agradable forma de paladear esta especie (que tanto en primavera como en verano se deja ver por la costa atlántica, y en especial en el Cantábrico) es asada a la parrilla.

El chicharro puede emular al besugo; y de ahí que en algunos recetarios podamos leer «Receta válida para besugo y chicharro».

CHICHARRO

CONGRIO

Congrio. Debido a su alargada forma, hay quienes lo denominan anguila de mar. Su gran tamaño, su color grisáceo y sus blanquísimas carnes lo dotan de características particulares que, no obstante, en su empleo en la cocina le confieren poco protagonismo. Ello por cuanto, a excepción de formar parte de la elaboración de caldos (fumets), sopas y cremas, en poco más suele aparecer, a no ser relleno al horno. Es un pescado suave, muy recomendable en dietas blandas.

Dorada. Hermoso pescado de carne blanca, firme y sabrosa, un tanto carnosa. Se la pesca sobre todo en aguas del Mediterráneo. Admite elaboraciones en salsa y asado; pero quizá la más conocida sea la llamada dorada a la sal, tan simple (asada con sal al horno) como curiosa.

DORADA

Pescados

GALLO

Gallo. De la familia del archiconocido lenguado. Es parecido a éste, sólo que, aun cuando también plano, el gallo muestra un color más claro y babillas (que lo contornean) algo más largas que las del lenguado. Pescado blanco fino, muy consumido entre nosotros. Si es pequeño, se puede cocinar entero y frito; y si es grande, es posible extraer de él cuatro filetes para prepararlos en salsa o al horno.

Lenguado. Es un pescado muy apreciado por los cocineros dadas las muchas posibilidades que ofrece al ser elaborado. Podemos hallarlo en el mercado durante todo el año, aunque su mejor época va de diciembre a marzo. Su cuerpo es plano y ancho, de tonalidad oscura por encima y blanca por debajo. Se lo puede preparar *à la meunier* o a la plancha; e incluso se le pueden extraer filetes. Su carne es fina, blanca y muy sabrosa.

LENGUADO

Lubina. Pescado marino de cuerpo esbelto, con cabeza acabada en punta y boca grande de dientes no precisamente grandes; posee el dorso azul plateado y el vientre blanco. Esta descripción anuncia al pescado quizá más elegante de los mares. Se lo ha equiparado a la trucha de río por su finura y su estética, a lo que hay que sumar la firmeza y el peculiar sabor de su carne.

La lubina es también conocida como róbalo o robaliza. Su cocción presenta infinitas fórmulas, resultando exquisita en cualquier elaboración, cuidándose que no pase de su punto de cocción, con lo que se secaría en exceso.

Merluza. Al igual que el bacalao, posee un sitial de honor entre los pescados más apreciados en las mesas a nivel mundial. Su cuerpo es alar-

LUBINAS

gado y simétrico, de color grisáceo y plateado más o menos oscuro, dependiendo este hecho de la especie. Se considera merluza a la que supera los 2,5 kilos; los ejemplares de menor peso que éste son denominados merluza mediana, conociéndose como pescadilla a los más pequeños aún.

La merluza es uno de los pescados más agradecidos, pues puede ser preparada de cualquier forma que se deseare, destacando entre ellas en salsa verde, a la parrilla, a la plancha, a la romana, al vapor... Si se tiene en cuenta que es muy bajo en grasas y ofrece gran aporte proteico y vitamínico, es pescado sumamente recomendable. Además, se puede adquirir a precio asequible en el mercado.

MERLUZA

MERO

Mero. Pescado muy característico y fácil de reconocer tanto por su abultado tamaño como por su cuerpo comprimido, sus ojos grandes y su amplia mandíbula saliente. Su carne es muy apreciada. Como mejor se lo puede degustar es a la parrilla, con salsa aparte del tipo de la tártara. Puesto que no hay gran abundancia de mero, no suele resultar fácil encontrarlo en el mercado.

Pescadilla. Es la cría de la merluza, que ha pasado su primera fase de crecimiento y no ha adquirido aún su desarrollo normal.

De iguales características que la merluza, por ser ésta la misma especie pero adulta, merece una mención particular en este capítulo ya que es un pescado de consumo habitual en toda la geografía española, donde es especialmente apreciado, sobre todo frito.

PESCADILLA

Pescados

Rape. Pez de aguas profundas, conocido también como «sapo de mar», «rana de mar», e incluso «rata de mar» según las zonas de su captura, tiene cabeza enorme provista de dentadura demoledora y piel oscura por encima y blanca por el vientre, desprovista de escamas.

El rape se usa sobre todo para hacer caldos de pescado. A pesar de ser la parte más pequeña, la cola del rape es sumamente apreciada: es blanca y carnosa, y muy homogénea. Admite salsas de todo tipo, aunque la holandesa, la tártara y similares son las que le encajan a la perfección tras pasar el pescado al natural por el horno, la plancha o la parrilla.

Un plato muy conocido que incluye a este pescado es el rape a la americana: consiste en elaborar el pescado acompañado de una salsa a base de mariscos.

Es un pescado interesante dado su bajo contenido en grasas y su alto índice de aportación proteica.

RAPE

Rodaballo. Pescado perteneciente a la familia de los de cuerpo aplanado (lenguado, gallo), aunque de forma mucho más ancha, casi romboidal, con colores pardos tirando a verdes por encima y color blanco por debajo. Es un pescado delicioso preparado a la parrilla, al vapor o al horno. Posee un elevado grado de proteínas y poca grasa. En la actualidad, y dada su gran demanda, se han puesto en marcha piscifactorías de rodaballos.

Salmón. Indiscutible rey de los pescados de agua dulce. Aun cuando se le reprocha no poseer sabor pronunciado, y ser algo insípido y graso, es uno de los pescados más finos que existen. De carne firme con tonalidad rosácea, este pescado es uno de los más solicitados pues se lo puede elaborar de mil formas: entero, en rodajas, en lomos, a la plancha, a la parrilla, en caldo corto, en salsas. El salmón ahumado es un manjar, y tiene gran demanda como entrante en los menús.

RODABALLO

Pescados

SALMÓN

Salmonete. Reconocible de inmediato por su forma estirada y el color rosáceo de su lomo. Su cabeza es algo grande con respecto al resto del cuerpo. El auténtico salmonete posee dos barbillas en la mandíbula. Abunda en el Mediterráneo, siendo su carne blanca y fina. Por lo general se lo cocina frito y al horno. En caso de ser grande, se le pueden extraer dos filetes para guisarlos al vapor o al horno. Su sabor es exquisito y muy característico.

SALMONETES

SARDINA

Sardina. Es uno de los pescados más pequeños de entre los estudiados en este volumen hasta ahora. Pescado azul, delicado y con sabor y aroma inconfundibles que ha de ser consumido fresco, inmediatamente después de ser capturado. Como mejor resulta una sardina es asada a la parrilla, aunque también admita ser frita. Las sardinas se conservan en aceite y en escabeche, siendo pescados de los más apreciados en el mercado, y a precio asequible.

Trucha. Existe un gran número de variedades de este pescado: trucha de lago, trucha de alta montaña, trucha arco iris, trucha común...

La más apreciada es la asalmonada en su interior, cuya carne rosácea y compacta da pie a múltiples formas de elaborar este particular pescado: frita con jamón, en papillote, al horno en escabeche, por lo general entera o en filetes. Dado que resulta un tanto insípida, es bueno aderezarla bien y acompañarla de salsas que complementen su natural sabor sin enmascararlo.

TRUCHA

Pescados

La lista de pescados resulta interminable, y es por ello que hemos decidido circunscribirnos a los que entendemos son más apreciados y de presencia garantizada en los mercados. Raya, cabracho, pez espada... son también exquisitos pescados, cómo no, que siempre hay que tener en cuenta, pero, repetimos, la lista resulta infinita.

El caviar. Mención aparte merece este manjar marino de gran prestigio, que a tenor de su elevado precio se puede considerar un alimento de lujo. Se obtiene de las huevas del pescado, y más concretamente, el auténtico caviar, de las huevas del esturión en aguas de Rusia e Irán.

La elaboración del caviar es muy minuciosa, exigiendo en su labor cuidado y destreza. Se cura con sal y se comercializa enlatado.

El mejor caviar es el de los esturiones maypres conocido como beluga.

El caviar se sirve en la mesa sobre un recipiente introducido en otro que contiene hielo pilé.

Se presenta con éxito en canapés, al natural con mantequilla, y la bebida ideal para acompañarlo es el vodka servido muy frío.

CAVIAR

La receta de Karlos Arguiñano

Anchoas picantes con cebolla

Ingredientes y cantidades
(para 4 personas)
4 docenas de anchoas
3 cebollas
un trozo de pimiento rojo
1 vaso de sidra
1/2 guindilla picante
aceite de oliva
perejil picado
sal

Elaboración

En una tartera con aceite, pon a pochar la cebolla cortada en juliana fina. Sazona, añade la guindilla troceada y el pimiento bien picadito.

Limpia las anchoas y colócalas en la cazuela sobre la verdura pochada. Moja con la sidra y deja que se hagan durante 4 minutos (aproximadamente).

Sirve espolvoreando con perejil picado.

Pescados

La receta de Karlos Arguiñano

Atún asado

Ingredientes y cantidades
(para 4 personas)
2 rodajas de atún de 400 g cada una
2 tomates
2 cebolletas
2 pimientos verdes
3 dientes de ajo
1 vaso de txakolí (vino seco)
caldo de pescado o agua
aceite
sal
3 cucharadas de salsa de tomate

Elaboración

Corta la verdura en juliana y póchala con los tres dientes de ajo y aceite de oliva. En una sartén con aceite, dora el atún salado y sin piel vuelta y vuelta a fuego fuerte. Coloca la mitad de la verdura pochada en el fondo de un recipiente de horno, y sobre ella el atún; encima, el resto de la verdura. Baña con el txakolí. Mételo en el horno a 180 °C durante 15 o 20 minutos, dependiendo del grosor del atún. Riega con un poco de agua o caldo de pescado. Saca del horno el atún con la verdura y añade la salsa de tomate como guarnición.

La receta de Karlos Arguiñano

Bacalao rebozado en fritada

Ingredientes y cantidades
(para 4 personas)
1 kg de bacalao desalado (lomos)
4 dientes de ajo
1 cebolla
un trozo de blanco de puerro
1/2 pimiento morrón
1 tomate
1 pimiento verde
unas guindillas en vinagre
harina
huevo batido
aceite de oliva
sal

Elaboración

En una cazuela con un chorro de aceite, prepara la fritada, pochando el blanco del puerro cortado en juliana, los pimientos, el tomate, 2 dientes de ajo y las cebollas, todo bien picadito. Sazona y deja a fuego lento hasta que esté todo bien pochado.

Aparte, trocea los lomos de bacalao, rebózalos en harina y, una vez que los hayas pasado por huevo batido, fríelos en abundante aceite caliente.

Pon 2 dientes de ajo en el aceite de freír el bacalao para que den sabor. Escurre y sirve los lomos de bacalao junto con la fritada. Acompaña con las guindillas aliñadas con aceite y sal gorda.

Pescados

La receta de Karlos Arguiñano

Besugo al horno

Ingredientes y cantidades
(para 4 personas)
1 besugo de 1,5 kg
1 limón
2 patatas medianas
1 diente de ajo
sal
aceite
agua
perejil picado

Elaboración

Pela las patatas y córtalas en lonchas de 1/2 centímetro de grosor. Colócalas en la placa de horno y añádeles un chorro de aceite y un vaso de agua. Métalas en horno caliente a 180 °C durante 20 minutos. Transcurrido el tiempo indicado, saca la placa con las patatas del horno y pon encima el besugo con sal.

Si la placa se ha secado, agrega más agua; si no, con ayuda de una cuchara riega el besugo con el caldo de la placa.

Realizada esta operación, métalo en horno caliente a 180 °C durante 25 minutos aproximadamente. Cuando el besugo esté perfectamente asado, ábrelo por la mitad y colócalo en una fuente con las patatas.

Aparte, filetea el diente de ajo y ponlo en una sartén con un poco de aceite. Cuando comience a dorarse, retira la sartén del fuego. Deja que se temple, vierte el jugo que ha sobrado en la placa del horno y liga todo removiendo.

Salsea el besugo, espolvorea con perejil y adórnalo con limón.

La receta de Karlos Arguiñano

Caldereta de pescado

Ingredientes y cantidades
(para 4 personas)
- 2 patatas
- 100 g de arroz
- 12 colas de langostinos
- 4 ijadas de merluza o pescadilla
- 1 cebolla
- 2 dientes de ajo
- 2 huevos cocidos
- perejil picado
- 1/2 vaso de vino blanco
- agua o caldo de pescado
- aceite de oliva
- sal

Elaboración

Pica la cebolla y el ajo y dóralos en una cazuela con aceite. Añade el arroz y rehógalo. A continuación, añade las patatas peladas y cortadas en lonchas. Sigue rehogando un par de minutos, agrega el vino y cubre con agua o caldo. Pon a punto de sal y deja cocer todo durante 15 minutos a fuego lento. Transcurrido este tiempo, echa las ijadas de merluza (mejor sin la tela negra) y déjalas hacer durante 3 o 4 minutos por cada lado.

Por último, en una sartén con aceite saltea las colas de langostino con los huevos cocidos troceados y con perejil picado. Viértelo todo sobre la caldereta y sirve.

La receta de Karlos Arguiñano

Chicharro con tomate al horno

Ingredientes y cantidades
(para 4 personas)
1 kg de chicharro
2 tomates maduros
2 patatas
1 cebolla
perejil picado
aceite de oliva
sal

Elaboración

Pela las patatas, fríelas en rodajas y colócalas sobre una fuente de horno.

En otra sartén con aceite, pocha la cebolla con el tomate, todo picado. Sazona y rehoga durante 6 a 8 minutos.

Limpia el chicharro, pártelo por la mitad y colócalo sazonado sobre las patatas. Cúbrelo con la fritada de verdura y hornéalo durante 5 minutos a 180 °C o 190 °C.

Sirve el chicharro espolvoreado con perejil picado.

La receta de Karlos Arguiñano

Cogote de salmón al horno

Ingredientes y cantidades
(para 4 personas)
1 cogote de salmón de 1 kg (aproximadamente)
2 patatas
1 tomate
1 pimiento verde
1 cebolla
1 blanco de puerro
1 vaso de vermut
aceite de oliva
pimienta
sal

Para acompañar:
pimientos rojos asados y pelados
patatas fritas en rodajas
ajo y perejil picados
sal gorda y aceite de oliva

Elaboración

En una sartén con aceite, pocha el pimiento verde, la cebolla, el puerro y el tomate, picado todo en juliana.

Pela las patatas y córtalas en rodajas. Fríelas no del todo y, tras escurrirlas, colócalas en el fondo de una tartera. Sobre ellas, pon el salteado de verduras y encima el cogote de salmón salpimentado. Moja con el vermut. Ásalo a horno fuerte unos 15 minutos. Sirve el cogote con las verduras y salsea.

Acompaña con una ensalada de tiras de pimiento asado con ajo picadito, aliñada con sal gorda y aceite.

Asimismo, puedes poner una fuente de patatas fritas sazonadas y espolvoreadas con perejil picado.

La receta de Karlos Arguiñano

Congrio al azafrán con chirlas

INGREDIENTES Y CANTIDADES
(para 4 personas)
1/2 kg de congrio en rodajas
300 g de chirlas
1 pimiento verde
1 cebolleta
1 tomate
2 dientes de ajo
1 vaso de caldo de pescado
1 vaso de txakolí o vino blanco
harina
unas hebras de azafrán
aceite de oliva
sal
pimienta
perejil picado

ELABORACIÓN

En una cazuela con aceite, pocha la cebolleta, el ajo y el pimiento, todo bien picadito. Agrega el tomate troceado y rehoga bien. Seguidamente, añade una cucharada de harina, remueve y moja con el txakolí y el caldo.

Salpimenta el congrio partido en rodajas, rebózalo con un poco de harina y colócalo en la cazuela. Agrega las chirlas. Espolvorea con el azafrán y deja cocer a fuego lento entre 3 y 4 minutos aproximadamente por cada lado. Echa el perejil picado y sirve.

La receta de Karlos Arguiñano

Gallo y lenguado con espárragos

Ingredientes y cantidades
(para 4 personas)
16 filetes de pescado (gallo y lenguado)
16 espárragos
2 patatas
1 blanco de puerro
un trozo de mantequilla
agua
1/2 vaso de vino blanco
aceite
sal
pimienta
unos clavos
unas zanahorias
judías verdes cocidas

Elaboración

Separa la parte dura de los espárragos retirando las yemas para rellenar los filetes. Con la parte dura prepara una crema cociéndola en agua con sal junto con las patatas, peladas y troceadas. A continuación, pásala por un pasapuré y un chino. Sazona los filetes y coloca encima una yema de espárrago. Enrolla y cuécelos al vapor durante 5 minutos con agua, vino blanco, puerro en juliana, sal y pimienta y unos clavos.

Baña el fondo de una fuente con la crema de espárragos y coloca encima los filetes de gallo y lenguado. Echa por encima un chorro de aceite de oliva crudo y acompaña con las zanahorias y las judías verdes salteadas con un trozo de mantequilla.

La receta de Karlos Arguiñano

Lubina a la sal

INGREDIENTES Y CANTIDADES
(para 4 personas)
1 lubina de 2 kg (aproximadamente)
1 kg de sal gorda
un poco de agua

Para la salsa:
250 ml de mahonesa
2 pepinillos en vinagre
un puñado de alcaparras en vinagre
1 huevo cocido
perejil picado

ELABORACIÓN

Limpia bien la lubina por dentro y quítale las escamas. Humedece la sal con un poco de agua para que se haga más compacta. En una placa de horno prepara una cama de sal y coloca la lubina encima. Cubre totalmente con más sal y hornea entre 30 y 40 minutos a 180 °C.

Cuando esté hecha, sácala del horno, rompe el caparazón de sal dándole unos golpes y retírala.

Para la salsa:

Mezcla todos los ingredientes, bien picaditos, con la salsa mahonesa.

Sirve la lubina en una fuente (si quieres, puedes quitarle la piel) sin la cabeza, abierta por la mitad y sin espinas. Acompáñala con la salsa y espolvorea con perejil picado.

La receta de Karlos Arguiñano

Merluza al papillote

Ingredientes y cantidades
(para 4 personas)
800 g de merluza en tajadas
2 puerros
2 tomates
8 champiñones
2 zanahorias
4 espárragos
3 dientes de ajo
sal
pimienta
perejil picado
vinagre
aceite de oliva

Elaboración

Corta en juliana el puerro y la zanahoria. Corta el tomate en rodajas finas y coloca éstas sobre un trozo de papel de aluminio doblado por la mitad. Encima pon la verdura en juliana y la merluza salpimentada. Sobre ellas, los espárragos en tiras y los champiñones troceados. Sazona y riega con un chorrito de aceite.

Cierra el papel de aluminio herméticamente, doblando los bordes. Mete en horno caliente 15 minutos a 170 °C o 180 °C.

Mientras horneas, en una sartén con un chorrito de aceite prepara un sofrito con los dientes de ajo. Fuera del fuego echa un chorro de vinagre y perejil picado. Cuando el pescado esté listo, agrégale por encima el sofrito y sirve.

LA RECETA DE KARLOS ARGUIÑANO

MERO AL ESTILO CANARIO

INGREDIENTES Y CANTIDADES
(para 4 personas)
1 kg de mero
3 dientes de ajo
1/2 kg de patatas
2 huevos cocidos
75 g de nueces peladas
2 pimientos morrones asados y pelados
1 cucharadita de pimentón dulce
aceite
perejil picado
sal
agua

ELABORACIÓN

Parte el mero, ya limpio, en trozos, fríelo en una sartén con aceite hasta que se dore y pásalo a una cazuela.

Tritura con la batidora en un bol el ajo, las nueces, el pimiento, el pimentón y un poco de agua y agrégalo a la cazuela del mero. Añade también la patata troceada y frita, y un vaso de agua. Pon a punto de sal y déjalo cocer a fuego suave de 5 a 7 minutos aproximadamente.

Por último, pon encima el huevo cocido en cuartos y espolvorea con perejil picado. Sirve el mero y salsea.

La receta de Karlos Arguiñano

Pastel de pescado

Ingredientes y cantidades
(para 4 personas)
1 kg de pescado desmigado limpio
1/4 l de salsa de tomate
1/4 l de nata
sal
pimienta
6 huevos y 2 claras
mantequilla
pan rallado de molde
12 langostinos pelados
huevos de caviar (sucedáneo)
mahonesa

Para la salsa rosa:
salsa picante
ketchup
mostaza
pimienta molida
brandy

Elaboración

Bate los huevos enteros con sal y pimienta. Después, añade con cuidado las claras montadas. Incorpora el tomate y bate con energía. A continuación, echa la nata, el pescado cocido y parte de los langostinos.

En un molde engrasado con la mantequilla, pon el pan rallado para que se impregne bien. Realizada esta operación, agrega la mezcla al molde y pon ésta en el horno caliente a 175 °C durante 40 minutos aproximadamente, al baño maría.

Saca y deja enfriar. Desmolda y adorna con salsa rosa, sucedáneo de caviar y unos langostinos.

La receta de Karlos Arguiñano

Pescadilla al vapor con pisto

INGREDIENTES Y CANTIDADES
(para 4 personas)
1 pescadilla de 1,5 kg
   (aproximadamente)
1 puerro
1 cebolla
sal
unos granos de pimienta
agua

Para el pisto:
1 cebolla
1 pimiento morrón
1 pimiento verde
2 calabacines
2 tomates
3 dientes de ajo
aceite
sal

ELABORACIÓN

Limpia, pela y trocea la verdura del pisto. Ponla a pochar en una cazuela con aceite a fuego no muy fuerte.

Por otra parte, limpia la pescadilla y córtala en tajadas. Sazona y cuece éstas en la vaporera con agua, puerro, cebolla y unos granos de pimienta. En 5 minutos estará lista.

Cuando el pisto esté bien pochado, pon a punto de sal y sírvelo en el plato con la pescadilla encima.

La receta de Karlos Arguiñano

Rodaballo al horno

Ingredientes y cantidades
(para 4 personas)
1 rodaballo de 1,5 kg aproximadamente
2 patatas medianas
sal
aceite
1 vaso de agua
perejil picado
2 dientes de ajo
1 vaso de agua o caldo de pescado

Elaboración

Limpia el rodaballo y sazónalo. Pela las patatas y córtalas en rodajas finas.

Extiende las lonchas de patata en el fondo de la placa del horno, que habrás untado con aceite. Sazónalas y coloca el rodaballo encima. Añade el vaso de agua o caldo y los ajos enteros y aplastados.

Hornea a 170 °C durante 35 o 40 minutos más o menos.

Sirve el rodaballo en una fuente con las rodajas de patata.

Por último, calienta el jugo de la placa del horno, espolvorea con perejil picado y salsea el rodaballo.

La receta de Karlos Arguiñano

Salmón con verduras de primavera

Ingredientes y cantidades
(para 4 personas)
400 g de salmón en filetes
500 g de verduras de temporada
  cocidas
  guisantes
  habitas frescas
  judías verdes
  puntas de espárragos
5 dientes de ajo
perejil picado
aceite de oliva
vinagre
sal
pimienta

Elaboración

Saltea, en una sartén con un chorro de aceite, las verduras cocidas y bien escurridas, junto con 2 dientes de ajo fileteados. Coloca este salteado en el fondo de una fuente.

Salpimenta los filetes de salmón y fríelos en otra sartén (con aceite). No los hagas demasiado, pues te pueden quedar muy secos. Coloca los filetes de salmón sobre las verduras.

Aparte, prepara un refrito con aceite, 3 dientes de ajo fileteados y perejil picado.

Por último, echa un chorro de vinagre sobre el salmón y, por encima, el refrito. Listo para llevar a la mesa.

La receta de Karlos Arguiñano

Sardinas rebozadas

Ingredientes y cantidades
(para 4 personas)
24 sardinas
200 g de queso de untar
12 anchoíllas en aceite
3 dientes de ajo
puré de guisantes
harina
huevo batido
aceite de oliva
sal

Elaboración

Limpia las sardinas abriéndolas por la mitad y sazona.

Coloca entre dos sardinas un poco de queso y una anchoílla. Una vez rellenas todas las sardinas, rebózalas con harina y huevo batido y fríelas en abundante aceite caliente con 3 dientes de ajo enteros y con piel.

Por último, sirve las sardinas en una fuente cubierta con puré de guisantes.

Pescados

La receta de Karlos Arguiñano

Truchas con fritada al horno

Ingredientes y cantidades
(para 4 personas)
4 truchas de ración
2 patatas
2 cebolletas
1 pimiento verde
1/2 pimiento rojo
1/2 tomate
1 puñado de almendras
4 dientes de ajo
1/2 vaso de jerez
harina
aceite de oliva
sal

Elaboración

Limpia y pela las patatas. Córtalas en rodajas y fríelas en una sartén con aceite hasta que estén casi hechas. Colócalas en el fondo de una placa de horno y reserva.

En una sartén con un chorro de aceite, rehoga las cebolletas, los pimientos, dos dientes de ajo y el tomate, todo bien picadito. Cuando esté todo pochado, échalo por encima de las patatas.

Limpia las truchas, sazónalas y, una vez rebozadas en harina, fríelas en una sartén con aceite y dos dientes de ajo. No las frías mucho, solamente vuelta y vuelta.

Colócalas en la placa de horno sobre la fritada y las patatas. Espolvorea las truchas con las almendras fileteadas y agrega el jerez.

Mételas en horno fuerte durante 4 a 5 minutos.

Sirve las truchas con la fritada y las patatas de guarnición. Salsea con el jugo que habrán soltado en la placa de horno.

La receta de Juan Mari Arzak

Anchoas al papillote, fritas al ajillo y albardadas

Ingredientes y cantidades
(para 4 personas)

Para las anchoas al papillote:
1 kg de anchoas más bien grandes
2 cebollas
2 dientes de ajo
1 vaso de txakolí (o de otro vino blanco)
1/2 dl de vinagre
1 dl de aceite de oliva
1 cucharada de perejil
sal

Para las anchoas fritas al ajillo:
1 kg de anchoas más bien pequeñas (en caso de no encontrar sino anchoas grandes, quítales la espina central y córtalas en tiritas finas, del tamaño de las angulas, friéndolas de forma aún más breve)
5 dientes de ajo
1 trocito de guindilla
2 dl de aceite
sal

Para las anchoas rebozadas:
24 anchoas medianas
2 huevos
2 cucharadas de harina
1/2 l de aceite
sal

Elaboración

Para las anchoas al papillote:
Quita las cabezas y tripas de las anchoas. Límpialas con agua fría. Si son hermosas, quita asimismo la espina central y deja cada una en dos lomos. Sécalas con un trapo limpio y seco. Sazónalas.

Pon una cazuela de barro al fuego con el aceite y la cebolla cortada en juliana finísimamente, así como el ajo en láminas finas. Mantén a fuego lento hasta que comience a dorarse la cebolla.

Retira entonces la cazuela del fuego, quita la mitad de la cebolla y reserva los ajos dorados. Extiende la cebolla de la cazuela en el fondo. Coloca sobre ella una capa de anchoas en círculo con la cola hacia afuera. Sobre éstas coloca una segunda capa de anchoas, en este caso al revés, es decir con la cola hacia adentro. Cubre el resto con la cebolla pochada.

Rocía con txakolí o vino blanco el conjunto de la cazuela. Pon la cazuela a fuego moderado. Cuando se abran las anchoas separándose la carne de la espina, o cuando coja su carne un punto rosa, retira la cazuela del fuego. Rocía con el vinagre, añadiendo las láminas de ajo por encima. Espolvorea por encima el perejil.

La receta de Juan Mari Arzak

Para las anchoas fritas al ajillo:

Quita las cabezas y tripas de las anchoas. Límpialas y sazónalas.

Pon el aceite en una sartén a fuego medio. Añade los ajos en láminas y la guindilla. Cuando el aceite esté caliente, echa las anchoas y mantenlas vuelta y vuelta.

Para las anchoas rebozadas:

Quita las cabezas y tripas, y la espina central, de las anchoas. Recorta las espinas de los bordes. Ábrelas a lo largo. Sazónalas.

Pasa las anchoas ligeramente por harina. Dales unos leves golpecitos para que suelten la harina sobrante. Bate los huevos y pasa por ellos, una a una, las anchoas enharinadas. Fríelas en el aceite a fuego medio unos segundos por cada lado, dependiendo del grosor de la anchoa.

Presentación:

Coloca en un costado del plato las anchoas fritas bien escurridas.

En otro lado del plato pon las anchoas al papillote (puedes adornarlas con unos ajos frescos salteados). Dispón de forma vertical, en el hueco restante, las anchoas rebozadas.

La receta de Juan Mari Arzak

BACALAO FRESCO CON SUS KOKOTXAS EN SALAZÓN AL PIL PIL Y ACEITE DE CHORICEROS

INGREDIENTES Y CANTIDADES
(para 4 personas)
Para el aceite de choriceros:
300 g de aceite de oliva virgen
7 pimientos choriceros
agua
sal

Para las kokotxas al pil pil:
600 g de kokotxas de bacalao
   en salazón
4 dl de aceite de oliva
2 cucharadas de fumet de pescado
   (o de agua)
1 ajo picado
agua
sal

Para el bacalao fresco a la plancha:
4 lomos de bacalao fresco de 180 g
   cada uno sin espinas pero con
   la piel
4 cucharadas de aceite de oliva
pimienta
sal

Además:
perejil picado
hinojo en ramas

ELABORACIÓN
Para el aceite de choriceros:
   Coloca los pimientos choriceros cubiertos de agua en una cazuela. Pon ésta al fuego y deja que hierva suavemente hasta que se reblandezcan los pimientos. Quítala entonces del fuego y saca, con la ayuda de un cuchillo, la pulpa de los mismos. Cuando tengas toda su carne, sazónala. Y deja enfriar. Entonces mézclala con el aceite y deja macerando durante 24 horas.

Para las kokotxas al pil pil:
   Tras su remojo en agua, sécalas bien. Recorta las barbas y quítales las espinas que pudieran tener. Sazónalas. Pon a calentar el aceite de oliva con el ajo picado, así como las kokotxas con la piel oscura hacia arriba. Deja hervir lentamente moviendo la cazuela en vaivén. Cuando empiecen a soltar la gelatina emulsionadora, añade poco a poco el fumet o agua. Fuera del fuego, liga con igual movimiento de vaivén. Sigue calentando las kokotxas pero con cuidado de que no lleguen a hervir. Comprueba el punto de sal y reserva unos instantes al calor.

Pescados

La receta de Juan Mari Arzak

Para el bacalao a la plancha:

Calienta bien la plancha o la sartén antiadherente. Salpimenta el pescado y píntalo ligeramente con el aceite. Cuando la plancha esté caliente, coloca sobre ella el pescado por una de sus caras. Mantenlo así de 2 a 3 minutos (dependiendo del grosor del lomo). Entonces dale la vuelta y hazlo por la otra cara un tiempo similar. Debe quedar dorado por fuera y muy jugoso por dentro.

Final y presentación:

En un costado del plato coloca el lomo de bacalao recién sacado del fuego. Junto a él, deposita la parte correspondiente de las kokotxas ya ligadas y calientes junto con su salsa. Dibuja alrededor unas rayas de aceite de choriceros. Espolvorea por encima el perejil picado y decora con unas ramitas de hinojo fresco. Igual en los cuatro platos.

La receta de Juan Mari Arzak

Besugo asado al tocino ibérico y berza con aceite de brécol

INGREDIENTES Y CANTIDADES
(para 4 personas)
2 besugos de 800 g
1,5 dl de aceite de oliva
4 hojas de berza
120 g de tocino ibérico
2 dientes de ajo
agua
sal

Para el aceite de brécol:
200 g de brécol
2 dl de aceite de oliva extra virgen
2 cucharadas de vinagre de sidra
agua
sal

Además:
50 g de pimiento morrón en tiritas muy finas
unos manojos muy pequeños de brécol cocidos al dente

ELABORACIÓN

Limpia el pescado. Saca los lomos del besugo conservando la piel. Sazónalos. Unta una tartera de horno con aceite y coloca los lomos de besugo. Ásalos durante 6 minutos a 180 °C. Reserva en sitio tibio. Fríe con cuatro cucharadas de aceite el ajo pelado y cortado en tiritas finas, hasta que se dore ligeramente. Retira y escurre bien las tiritas de ajo.

Trocea el tocino en tacos de 2 o 3 centímetros. Escáldalo en agua hirviendo durante un minuto. Pon el resto del aceite a fuego mínimo y confita allí lentamente los tacos durante 45 minutos.

En abundante agua con sal cuece las hojas de berza (deben de quedar tersas). Escúrrelas bien y saltéalas brevemente en un poco de aceite, donde has confitado el tocino.

Para el aceite de brécol:

En la víspera, cuece brevemente el brécol en ramilletes con agua y sal. Pásalo por agua fría (mejor con hielo). Licúalo. Mezcla este líquido con el aceite y deja todo en reposo durante 24 horas. En el momento de utilizarlo, añade el vinagre y rectifica de sal.

Final y presentación:

Pon los lomos de besugo bajo la gratinadora o salamandra y dales un rápido golpe de calor.

Coloca en el plato el lomo de besugo (en dos trozos) con la piel visible. Pinta por encima con un poco de aceite, allí donde se ha confitado el tocino

Dispón los trocitos de este último alrededor del pescado, y coloca también encima la hoja de berza,

La receta de Juan Mari Arzak

cubriendo todo a medias. Vierte un poco del aceite de brécol alrededor de los lomos de besugo. Decora con las tiras de ajo fritas y las de pimiento, así como con pequeños manojos de brécol cocidos.

La receta de Juan Mari Arzak

LOMOS DE DORADA CON SALSA DE ESPINACAS Y QUISQUILLAS

INGREDIENTES Y CANTIDADES
(para 4 personas)
4 lomos de dorada de 180 g cada uno (con su piel)
300 g de espinacas frescas
4 cucharadas de aceite de oliva
2 cucharadas de aceite de oliva virgen extra
1/2 l de caldo de verduras y hortalizas
sal

Para las espinacas salteadas:
200 g de espinacas
3 cucharadas de aceite
sal y pimienta

Para las quisquillas hervidas:
70 g de quisquillas
agua y sal

Además:
perifollo
cebollino
perejil picado
unas gotas de aceite de oliva virgen extra
sal gorda

ELABORACIÓN

Corta cada lomo en dos dándoles forma rectangular. Pon una cazuela con el caldo de verduras, las espinacas crudas y una cucharada de aceite. Encima de esta cazuela coloca una rejilla, sobre la que cocerás al vapor los lomos de dorada sazonados (3 a 4 minutos), dependiendo del grosor de los filetes. Una vez cocidos, resérvalos para calentarlos en el momento de servir.

Escurre a continuación las espinacas que han cocido ligeramente en la cazuela bajo la rejilla, y saltéalas unos instantes en una sartén con el resto del aceite (3 cucharadas). Tritúralas añadiendo poco a poco el caldo en que se han cocido, hasta obtener la densidad que quieras. Agrega por último a esta salsa el aceite de oliva virgen extra.

Para las espinacas salteadas:
Limpia bien las espinacas. Pon una sartén al fuego y saltea a fuego vivo las espinacas (no cocidas previamente) vuelta y vuelta. Salpimenta.

Para las quisquillas hervidas:
Pon una cazuela al fuego con abundante agua y elevada concentración de sal (que recuerde el agua marina). Cuando surjan los borbotones, echa las quisquillas y deja hervir un minuto. Refresca en agua fría. Pela las colas dejando las puntas y las cabezas.

Pescados

LA RECETA DE JUAN MARI ARZAK

Final y presentación:

Calienta unos instantes los lomos de dorada en el mismo plato en donde los vas a servir. Colócalos de modo que queden uno vertical, y el otro, transversal. Recuesta en los lomos las hojas de espinaca salteadas. En un costado del plato dispón unas cucharadas de salsa de espinaca caliente. Pon sobre la piel de la dorada unos granos de sal gorda, y, en su base, las quisquillas hervidas.

Decora con el perejil picado y el resto de hierbas, así como con unas gotitas de aceite de oliva virgen extra. Igual en los cuatro platos.

La receta de Juan Mari Arzak

LUBINA EN EMULSIÓN DE AJO CONFITADO Y ACEITE DE CACAHUETE

INGREDIENTES Y CANTIDADES
(para 4 personas)
4 lomos de lubina de 200 g cada uno
1 cucharada de aceite de oliva
unas ramitas de estragón
unas ramitas de hinojo
sal

Para la salsa:
1 cabeza de ajo
1/2 l de caldo o fumet de pescado
2 dl de leche
8 cucharadas de aceite de cacahuete
2 dl de aceite de oliva
1 cucharada de perejil picado
1 cucharada de cebollino picado
sal

Para las guarniciones:
50 g de trompetas de la muerte
 (u otra seta)
1/2 diente de ajo picado
1 cucharada de perejil picado
1 bola de mantequilla
3 cucharadas de aceite de oliva
8 zanahorias pequeñitas
 (de lo contrario, tornea bastones
 de zanahoria grande)
8 piezas pequeñas de ajo fresco
4 cebolletas pequeñas
1 cucharadita de azúcar
agua
sal

ELABORACIÓN
Para la salsa:
Pon en un cazo los ajos sin pelar. Cúbrelos con el aceite de oliva y 4 cucharadas del aceite de cacahuete. Acerca el cazo al fuego. Hazlos a un fuego lo más suave posible (casi sin hervir) y déjalos así unas 2 horas, hasta que los ajos estén confitados.
 Saca los ajos, escúrrelos y pélalos. Tritúralos. Añade a este puré de ajos confitados la leche y el fumet de pescado. Mezcla bien. Acércalo todo al fuego y, sin dejar de remover, hiérvelo unos minutos a fuego lento. Dale un punto de sal y pimienta. Una vez untuosa la salsa, cuélala. Añade las 4 cucharadas restantes de aceite de cacahuete y remueve ligeramente, pero sin llegar a ligar (debe quedar todo como cortado). Agrega el perejil y el cebollino picados. Reserva al calor.

Para las guarniciones:
 En una sartén, con una cucharada de aceite saltea las setas a fuego vivo durante 5 o 6 minutos añadiendo el ajo picado y el perejil. Sazona.
 Por otro lado, blanquea el ajo fresco en agua hirviendo con sal. Escúrrelo y saltéalo con media cucharada de aceite.

La receta de Juan Mari Arzak

Saltea las cebolletas en otra sartén con media cucharada de aceite, hasta que tomen color. Mete esto en el horno a 180 ºC durante 3 a 4 minutos.

Por último, saltea las zanahorias con el resto del aceite y la mantequilla. Agrega el azúcar. Tapa y haz esto a fuego muy lento durante media hora (las zanahorias quedarán glaseadas).

Final y presentación:

Da a los lomos de lubina, previamente sazonados, un golpe de plancha por ambos lados, untando la plancha con un poco de aceite: vuelta y vuelta, a fuego vivo. Mételos en el horno a 180 ºC durante 4 minutos aproximadamente.

Pon las verduras y las setas salteadas en un lado del plato, y, en el otro, un lomo de lubina recién sacado del horno. Napa por encima con la salsa caliente de ajo y aceite de cacahuete. Decora y aromatiza con las ramitas de estragón y de hinojo. Igual en los cuatro platos.

La receta de Juan Mari Arzak

Merluza con almejas en salsa verde

Ingredientes y cantidades
(para 4 personas)
4 lomos de merluza de 200 g
 cada uno (con la piel)
250 g de almejas
4 dientes de ajo
2 cucharadas de perejil picado
12 cucharadas de aceite de oliva
una pizca de harina (opcional)
1/2 vaso de agua fría
sal

Elaboración

Limpia los lomos, preferentemente con un trapo. Sazónalos.

Pon una cazuela de barro (amplia, para que quepan los lomos con holgura) a fuego lento, con el aceite, los ajos muy picaditos y la mitad del perejil picado. Antes de que empiecen a dorarse los ajos, añade (si quieres) una pizca de harina; en tal caso, deslíela bien. Añade a continuación las almejas, y seguidamente los lomos de merluza con la piel hacia arriba. Después, mójalo todo con agua y mantén la cocción durante unos 3 minutos (dependiendo del grosor de los lomos) moviendo la cazuela para que ligue la salsa.

Da vuelta a los lomos y prosigue la cocción durante otros 3 minutos, en cuyo transcurso las almejas se abrirán. Cubre la cazuela con una tapadera.

Cerciórate, antes de emplatar, de que la salsa esté bien ligada. De lo contrario, saca los lomos y liga fuera del fuego la salsa moviendo la cazuela.

Sirve en cada plato un lomo de merluza, rodéalo con las almejas correspondientes y napa el conjunto con la salsa verde.

Espolvorea con el perejil sobrante sobre cada lomo.

Pescados

La receta de Juan Mari Arzak

La receta de Juan Mari Arzak

Mero al horno con salsa de zanahorias y coco

Ingredientes y cantidades
(para 4 personas)
800 g de mero
2 cucharadas de aceite de oliva
sal

Para la salsa de zanahorias y coco:
1/2 kg de zanahorias
80 g de mantequilla
6 cucharadas de aceite de oliva
25 g de coco rallado
5 g de sal gorda
1/4 l de fumet de pescado
2 cucharadas de aceite de oliva virgen
agua
hielo

Para el cogollo asado:
2 cogollos de Tudela
6 cucharadas de aceite de oliva virgen
2 cucharadas de vinagre de sidra
sal

Además:
bolitas de calabacín blanqueadas en agua con sal (con su piel)
hinojo en rama frito
cebollino picado

Elaboración

Filetea el pescado dejando la piel y reservando las espinas para elaborar el fumet (desespina bien ayudándote de unas pinzas). Sazona y reserva.

Para la salsa de zanahorias y coco:
Pela las zanahorias y filetéalas en rodajas. Cuécelas en agua con sal gorda durante 5 minutos. Enfríalas en agua fría con hielo (para que no pierdan color) y escúrrelas bien.

Rehoga las zanahorias con la mantequilla y el aceite durante 10 minutos, removiendo con cuidado y sin cesar. Transcurrido ese tiempo, añade el coco. Agrega el fumet de pescado (elaborado previamente con las espinas del mero). Deja cocer unos 7 minutos y sazona. Tritura el conjunto y pásalo por un chino fino, y añádele un chorrito de aceite de oliva virgen.

Para el cogollo asado:
Haz una vinagreta con el aceite, el vinagre y la sal.

Limpia los cogollos y pártelos por la mitad. Píntalos con la vinagreta. Métalos en horno medio durante unos 4 minutos, hasta que se doren.

Final y presentación:
Dora los filetes de mero por ambas partes en una sartén bien caliente, con un poquito de aceite.

Termina la cocción en el horno durante unos 4 minutos a 180 ºC, con cuidado de que no se pase y así quede jugosa.

Deposita en un costado del plato

Pescados

LA RECETA DE JUAN MARI ARZAK

los lomos de mero; y, en el otro, el cogollo asado. Dispón la salsa de zanahorias y coco alrededor del pescado. Pon una ramita de hinojo frito sobre el cogollo, así como las bolitas de calabacín. Espolvorea el conjunto con el cebollino picado. Igual en los cuatro platos.

La receta de Juan Mari Arzak

Péndulos de lenguado rellenos de verduras con jugo de almejas

INGREDIENTES Y CANTIDADES
(para 4 personas)
4 lenguados de ración de 350 g a 400 g cada uno (o 2 de 800 g cada uno)
6 cucharadas de aceite de oliva
1 calabacín
100 g de judías verdes
4 cebolletas
1 diente de ajo
1 nabo pequeño
cebollino picado
hinojo picado
sal
pimienta

Para el fumet:
espinas y cabezas de los lenguados
1 l de agua
1 cebolla
1 puerro
1 zanahoria
1 ramillete de aromáticos

Para el jugo:
350 g de almejas
1 cucharada de ajo picado
2 cucharadas de perejil picado
1/4 l de fumet de pescado
1 cucharada de aceite de oliva
sal

Además (y para decorar):
20 g de mantequilla
unos bastones de cebollino
hojas de perifollo
hojas de hinojo

ELABORACIÓN

Pica finamente toda la verdura (calabacín, judías verdes, cebolletas, ajo y nabo). Ponla a pochar en una cazuela con aceite de oliva y mantenla a fuego lento durante media hora aproximadamente (hasta que las hortalizas queden blandas). Da punto de sal y pimienta y espolvorea con el cebollino y el hinojo.

Filetea los lenguados (guarda la cabeza y las espinas para elaborar el fumet). Corta los filetes longitudinalmente por la mitad (haz dos tiras de cada filete). Salpiméntalos. Dales una forma pendular (como la de un pendiente) y enróllalos en parte sobre sí mismos, dejando una especie de rabillo al final. Sujeta la parte enrollada con un palillo. En esa zona recogida, deja un hueco para depositar en él la verdura una vez pochada. Reserva.

Para el fumet:
Pon todo en frío a hervir. Cuando borbotee, retira la espuma de la superficie. Cuécelo todo durante 15 minutos. Transcurrido este tiempo, cuela y ponlo de nuevo al fuego. Reduce hasta que quede aproximadamente 1/4 litro.

Pescados

La receta de Juan Mari Arzak

Para el jugo:

Pon el aceite de oliva al fuego en una cazuela. Añade el ajo y el perejil. Antes de que se dore el ajo, agrega las almejas salteándolas y regándolas con el fumet. Una vez abiertas las almejas, sepáralas de sus conchas (que desecharás). Tritura el conjunto de la carne de las almejas y la salsa. Cuela con un chino fino y da punto de sal.

Final y presentación:

Deposita los péndulos de lenguado en una bandeja de horno pintada de mantequilla. Hornea a 180 ºC durante 4 o 5 minutos, dependiendo del grosor de los filetes. Transcurrido ese tiempo, sácalos del horno con ayuda de una espátula. Retira los palillos de sujeción.

Deposita en el fondo del plato unas cucharadas del jugo de almejas. Y sobre él, los péndulos de lenguado. Decora con las hierbas aromáticas. Igual en todos los platos.

La receta de Juan Mari Arzak

Rape con salsa de karramarros (cangrejos de mar) y puré de perejil

Ingredientes y cantidades
(para 4 personas)
1,4 kg de rape negro en medallones
1 cucharada de chalota picada muy fina
1 dl de aceite de oliva
pimienta
sal

Para la salsa de cangrejos:
12 cangrejos de mar
1 cebolla mediana
1 zanahoria
1 puerro
1 ramillete de aromáticos
   1 hoja de laurel
   estragón
   cebollino
   perejil
1 cucharada de bulbo de hinojo picado
1 cucharada de chalota picada
4 dientes de ajo con su piel
1 dl de Armagnac
2 tomates frescos
1 litro de fumet de pescado
1 dl de aceite de oliva
140 g de mantequilla
1 dl de nata líquida
pimienta
sal

Para el puré:
1 manojo hermoso de perejil fresco
2 nabos

200 g de puré de patatas (algo espeso)
3 cucharadas de aceite de oliva
una nuez de mantequilla
2 cucharadas de aceite de oliva virgen extra
agua
hielo
pimienta blanca molida y sal

Además:
judías verdes en juliana fina
unas hojas de perifollo
perejil

Elaboración

Para la salsa de cangrejos:
Pela, trocea y rehoga en aceite y mantequilla, junto con los dientes de ajo y el ramillete de aromáticos, el resto de ingredientes vegetales. Cuando estén dorados, añade al conjunto los cangrejos. Cuando éstos adquieran color, flamblea con el Armagnac. Agrega el fumet y continúa la cocción durante 20 minutos. Retira el ramillete de aromáticos. Pasa por un chino y reduce al fuego la salsa hasta el punto deseado. Si quieres más untuosidad, añade nata y deja hervir 5 minutos más. Da punto de sal y pimienta.

Para el puré:
Pela y trocea los nabos. Cuécelos en agua con sal. Una vez cocidos, sal-

La receta de Juan Mari Arzak

téalos con la mantequilla y el aceite de oliva. Da punto de sal. Tritura.

Blanquea el perejil en agua hirviendo con sal. Sácalo y refresca en agua con hielo. Escurre bien y licúa.

Mezcla bien este jugo de perejil con el puré de patatas y el nabo triturado. Rectifica de sal y pimienta. Añade un chorretón de aceite de oliva virgen en crudo.

Final y presentación:

Pon al fuego una salteadora con aceite y la chalota picada. Cuando ésta esté blanda, incorpora los medallones de rape, previamente sazonados con sal y pimienta. Hazlos durante un par de minutos (según grosor) por cada lado hasta que alcancen un punto rosado en su interior.

Coloca en el centro del plato el rape, rodeado por la salsa de cangrejos. En un costado dispón el puré. Decora con las judías verdes en juliana y con las hojas de perifollo, y espolvorea perejil picado por encima de la salsa. Igual en los cuatro platos.

La receta de Juan Mari Arzak

Rodaballo al horno con tomate confitado, verduras y briñones

Ingredientes y cantidades
(para 4 personas)
800 g de rodaballo
1 cucharada de aceite
1 cucharada de mantequilla
sal

Para la salsa de tomate:
5 tomates
30 g de bulbo de hinojo
1/8 l de aceite de oliva
1 cucharada de tomate concentrado
1/4 l de fumet de pescado
unas ramas de hinojo
sal

Para las verduras y patatas glaseadas:
1 patata
4 ramilletes de brécol
4 zanahorias pequeñitas
1 calabacín pequeño
1 nabo pequeño
1/4 l de agua
1/4 l de aceite
cebollino picado
perejil picado
2 cucharaditas de azúcar
sal

Además:
1 briñón
4 ramas de hinojo
1 pizca de mantequilla

Elaboración
Para la salsa de tomate:
Escalda los tomates en agua hirviendo para pelarlos. Luego, pártelos por la mitad y quítales las pepitas y el jugo. Colócalos en una fuente de horno, sazónalos y añade el bulbo de hinojo finamente picado, espolvoreándolo por encima. Agrega el aceite. Hornea lentamente, unas 3 horas a 110 ºC, para desecarlos.

Pon los tomates desecados en una cazuela, con el fumet de pescado y el tomate concentrado, para hervirlos unos minutos. Tritura y cuela todo. Mezcla con el hinojo en rama picado.

Para las verduras y patatas glaseadas:
Pela las zanahorias dejándoles el rabillo. Pela la patata y el nabo. Haz bolitas con la patata y el nabo, así como con el calabacín (sin pelar).

Saltea por separado cada verdura con el aceite de oliva. Añade una pizca de sal y de azúcar y cubre todo ligeramente con agua. Glasea durante 7 minutos aproximadamente, dependiendo de cada producto. Escurre luego las verduras y mézclalas con el cebollino y el perejil picados.

LA RECETA DE JUAN MARI ARZAK

Final y presentación:

Corta el rodaballo en rodajas, dejando la espina en el interior y la piel de ambos lados (elimina únicamente la aleta exterior). Sazónalo y dóralo por ambas partes con el aceite y la mantequilla. Hornea las rodajas en la misma sartén entre 5 y 7 minutos (según el grosor) a unos 200 ºC hasta que la piel quede bien crujiente.

Saltea en una pizca de mantequilla el briñón, al que habrás fileteado en gajos.

Coloca una rodaja de rodaballo de forma vertical. Deposita alrededor de ella la salsa de tomate confitado. Y a su lado, las verduras y patatas glaseadas, formando un montoncito.

Decora con una rama de hinojo fresco. Igual en los cuatro platos.

La receta de Juan Mari Arzak

Salmón ahumado frito con su piel crujiente y salsa de hinojo

INGREDIENTES Y CANTIDADES
(para 4 personas)
8 escalopes de salmón ahumado de 125 g cada uno (con su piel)
1/4 l de leche
1/4 l de nata
4 dl de aceite de oliva
2 cucharadas de bayas de enebro trituradas
hinojo en rama

Para las quenelles:
100 g de nata montada
1 cucharada de zumo de limón
hinojo en rama fresco
sal
pimienta

Para la salsa:
200 g de nata
1/2 limón en zumo
hinojo en rama picado
sal

ELABORACIÓN

Antes de escalopar el salmón, quita la piel. Hazlo con un cuchillo bien afilado de la cola para adelante. Conserva la piel, de la que harás tiritas finas.

Marina los escalopes de salmón ahumado en la nata y la leche mezcladas. Mantenlos así un par de horas.

Mientras, elabora las quenelles mezclando suavemente sus ingredientes. Después, con ayuda de dos cucharas, dales forma como si de croquetas se tratara.

Para la salsa:
Monta todos los ingredientes hasta que cojan el espesor deseado (en frío).

Final y presentación:
Saca el salmón de la marinada. Escurre bien y seca los escalopes. Fríelos en la mitad del aceite dejándolos poco hechos. Escúrrelos en papel absorbente.

Fríe asimismo en el resto del aceite las tiritas de piel, previamente desescamadas y espolvoreadas con el enebro triturado, hasta que queden crocantes.

Pon en un lado del plato los escalopes de salmón ya frito; en la parte exterior deposita unas tiras de su piel crujiente. En otro lado del plato coloca la quenelle. Y entre ésta y el salmón, unas cucharadas de salsa fría. Decora con unas hojitas de hinojo fresco.

Pescados

La receta de Juan Mari Arzak

La receta de Juan Mari Arzak

Salmonetes a la vinagreta de tomate con puré de salsifí

Ingredientes y cantidades
(para 4 personas)
4 salmonetes de 300 g cada uno
4 rodajas de naranja
4 rodajas de limón
4 hojas de limonero (si es posible conseguirlas)

Para la vinagreta:
2 dl de aceite de oliva virgen extra
4 cucharadas de vinagre de jerez
1 tomate pelado y despepitado
1 diente de ajo picado
estragón fresco picado
perejil picado

Para el lecho de hortalizas:
1 tomate
1 patata mediana
1/5 de calabacín
1 cebolleta fresca
4 cucharadas de aceite de oliva
perejil picado
cebollino picado

Para el puré de salsifí:
200 g de salsifí negro
75 g de mantequilla
3 cucharadas de aceite de oliva virgen
1 dl de caldo de verduras
una pizca de nuez moscada rallada
agua
sal

Además:
cebollino picado
perejil en juliana

Elaboración

Desescama, vacía y limpia los salmonetes. Sazónalos. Saca los lomos y quita las espinas. Envuelve los lomos de cada salmonete en papel de aluminio junto con una rodaja de naranja, otra de limón y unas hojas de limonero.

Pon cada paquete en la vaporera y hazlos al vapor durante unos 7 a 8 minutos.

Para la vinagreta:
Trocea el tomate en taquitos muy pequeños. Añade el aceite y el vinagre, y las hierbas y el ajo picados. Sazona. (Es preferible que hagas todo esto con un par de horas de antelación.)

Para el lecho de hortalizas:
Corta en rodajas finas las patatas, el calabacín, el tomate y la cebolleta. Forma porciones alternando las distintas verduras de forma escalonada. Ponlas en una fuente de horno y rocíalas con el aceite. Métalo todo en el horno a 160 ºC durante 15 a 20 minutos. Al sacarlo, espolvorea con perejil y cebollino picados.

La receta de Juan Mari Arzak

Para el puré de salsifí:

Pela concienzudamente los salsifís. Filetéalos en rodajas finas y blanquéalos en agua hirviendo con sal durante 5 minutos. Escúrrelos bien. Rehógalos durante 8 minutos con la mantequilla y el aceite (retirando previamente el suero de la mantequilla). Mójalos luego con el caldo de verduras y déjalos cocer hasta que hiervan. Tritura y cuela. Añade la nuez moscada y da punto de sal.

Final y presentación:

Coloca en la base de cada plato el lecho de hortalizas. Sobre éstas, deposita los lomos de salmonete con la piel hacia arriba. Dales un golpe de horno para calentarlos. Salséalos luego ligeramente con la vinagreta, con la que a la vez dibujarás unas rayas en el plato. Deposita en un costado unas cucharadas del puré de salsifí. Espolvorea cada salmonete con cebollino picado, y el puré, con el perejil. Igual en todos los platos.

Mariscos

Mariscos, calidades y tipos

El marisco, joya de las aguas, es uno de los elementos más apreciados del mundo de la gastronomía. Un mundo de sabores que, unido a sus originales variedades, lo hacen atractivo.

Si se pretende la mejor calidad en la adquisición de mariscos, siempre habrá que asegurarse de que gozan de la frescura que la garantice. Por ejemplo: los cangrejos deberán estar vivos y en movimiento; en el caso de gambas y langostinos, éstos resultarán crujientes en crudo; en el de almejas y otros mariscos con concha, ésta deberá estar bien cerrada, desechándose los que, estando abiertos, al ser manipulados con los dedos no se cierran (clara indicación de que no están vivos). Pero recomendamos asimismo, y quizá en mayor grado, que se preste suma y especial atención al olor, que deberá ser el agradable y refrescante a mar que recuerde el aroma natural del salitre.

Existe la posibilidad de adquirir marisco fresco casi todo el año, aun cuando su disponibilidad es reflejo de la demanda de temporada y por

Mariscos

región; esta demanda alcanza su apogeo en el período veraniego.

Dos especies muy distintas conforman, básicamente, el grupo de los mariscos: los crustáceos y los moluscos.

Crustáceos

Son los invertebrados marinos provistos de un caparazón por lo general bastante duro, dos pares de antenas, dos fuertes pinzas delanteras y gran número de patas laterales, variable según la especie.

Los métodos para la captura del marisco son variados. En esta imagen vemos una batea, instalación que se utiliza en las Rías Bajas gallegas para obtener el que posiblemente sea el mejor mejillón del mundo, y del cual son estas rías, sin duda, las mayores productoras.

Moluscos

Son los invertebrados marinos protegidos en su mayoría por una concha externa, normalmente dura y resistente. Su cuerpo interior es bastante blando, denominándose valva en los moluscos de concha. Entre ellos se cuentan los univalvos (una valva) y los bivalvos (dos valvas).

En algunas especies del grupo de moluscos, éstos no poseen concha, recibiendo el nombre de cefalópodos.

La clasificación al respecto se ajusta (creemos que de manera suficientemente clara) al siguiente esquema explicativo:

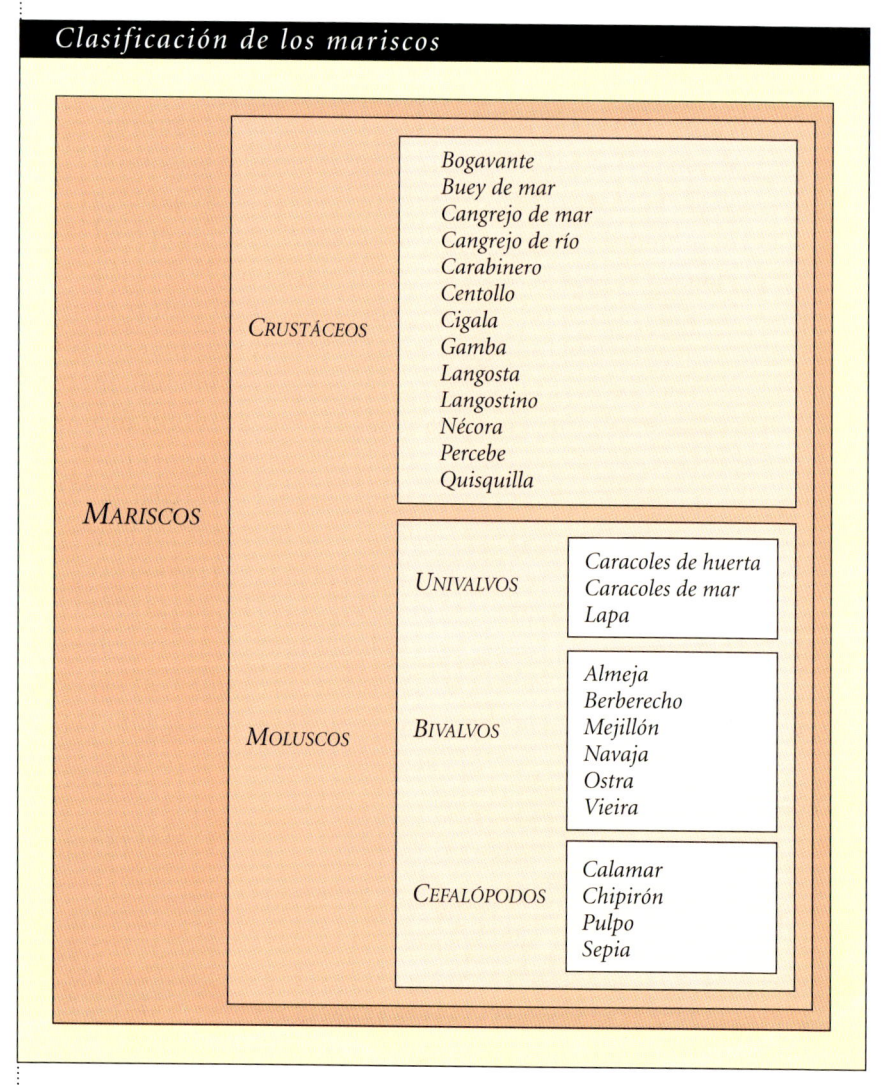

Clasificación de los mariscos

MARISCOS

- **CRUSTÁCEOS**
  - Bogavante
  - Buey de mar
  - Cangrejo de mar
  - Cangrejo de río
  - Carabinero
  - Centollo
  - Cigala
  - Gamba
  - Langosta
  - Langostino
  - Nécora
  - Percebe
  - Quisquilla

- **MOLUSCOS**
  - **UNIVALVOS**
    - Caracoles de huerta
    - Caracoles de mar
    - Lapa
  - **BIVALVOS**
    - Almeja
    - Berberecho
    - Mejillón
    - Navaja
    - Ostra
    - Vieira
  - **CEFALÓPODOS**
    - Calamar
    - Chipirón
    - Pulpo
    - Sepia

MÉTODOS DE TRATAMIENTO CULINARIO DE LOS MARISCOS

Es diferente la cocción del marisco si se trata de crustáceos o de moluscos.

Los crustáceos se presentan en la mesa cocidos o asados a la plancha, o a la parrilla, a excepción de los caracoles de río, que admiten un exquisito guisado en salsa.

También los moluscos pueden ser elaborados cocidos o asados.

Pero es más asiduo que con ellos se preparen platos laboriosos con suculentas salsas; tal el origen de los calamares en su tinta, las almejas en salsa verde, los caracoles en salsa, los mejillones con tomate, las ostras al gratén...

Hacemos referencia a continuación, de manera breve, a los distintos mariscos empleados más comúnmente en nuestra cocina, así como a su posible tratamiento culinario.

Arriba: vieira.
Abajo: reteles para la pesca de marisco.

encuentran su mejor sitio en platos como la paella y las sopas de pescado, y en salsa verde.

Berberechos. De unos 2 a 3 centímetros de longitud, los berberechos son moluscos marinos de concha redonda y estriada, que se consumen principalmente en Europa. Se pueden comer crudos o cocidos, y se suelen incluir también en ensaladas y sopas, o simplemente aderezados con una vinagreta.

ALMEJAS

Almejas. Existe gran diversidad de almejas. Cabe mencionar que, procedentes principalmente de bancos de arena y de algunas zonas rocosas, se preparan de muchísimas formas, dependiendo de su tamaño: en salsa verde, empanadas (rellenas y fritas). Las más grandes se presentan en la mesa al limón, en crudo, o elaboradas a la plancha con su refrito. Las más pequeñas, también conocidas como chirlas,

BERBERECHOS

Mariscos

BOGAVANTE

Bogavante. También conocido como lubricante o abacanto. Es un crustáceo de parecidas características a las de la langosta, aunque se diferencia de ésta en que el color de la parte superior de su lomo es de tonalidad un tanto oscura, tirando a verde azulado o negro violáceo. Posee un par de enormes pinzas delanteras, y admite en sus elaboraciones las mismas técnicas culinarias que la langosta: cocido o asado en horno, plancha o parrilla, pudiéndoselo presentar en frío, decorado entonces al estilo Bellavista.

BUEY DE MAR

Bucy de mar. Gran cangrejo de duro y amplio caparazón liso, armado de dos impresionantes pinzas. Es de color pardo, ligeramente dentado en los bordes de su caparazón. Habita en las costas europeas y su carne es muy estimada. Admite en la cocina las mismas aplicaciones que el centollo. Se prepara cocido y se presenta en cóctel, en salpicón de mariscos, en ensaladas, o gratinado. Dado su gran tamaño, exige por lo general unos 20 minutos de cocción, pudiéndoselo preparar al horno.

Calamar. De la familia de la sepia, puede alcanzar gran peso y dimensión. Se sabe que han sido pescados calamares de más de 250 kilos de peso, aun cuando lo habitual es que sus medidas sean mucho más reducidas, ya que su tamaño normal oscila entre los 8 y los 15 centímetros. Conocido también como chipirón. La más famosa forma de ser degustado proviene del norte, donde se lo prepara en una salsa de su propia tinta. Los calamares pueden ser preparados encebollados, fritos, con salsa de tomate, a la plancha, y de infinitas maneras.

CALAMAR

Mariscos

CANGREJO DE MAR

Cangrejo de mar. De potentes pinzas pequeñas y tonalidad marrón rojiza, puede alcanzar los 8 centímetros de longitud. Sus escasas carnes resultan sabrosas, estando presente en arroces y calderetas de mariscos, aun cuando simplemente cocido es como se acostumbra servirlo. Su consumo es más bien doméstico, siéndolo asimismo su captura previa en zonas rocosas. Por ser su extracción un tanto dificultosa, no resulta fácil encontrarlo en los mercados.

Cangrejo de río. Pese a que hay quienes discuten que este crustáceo deba ser incluido en la calidad de marisco, lo es sin lugar a dudas. Procedente de ríos o lagos, está considerado como «el marisco de tierra adentro». Existe en multitud de variedades, pero lo más común es que se muestre con tonalidad oscura (que deriva hacia el rojizo oscuro), alcanzando un tamaño medio aproximado de 8 a 10 centímetros. Se lo puede elaborar simplemente cocido, o en salsa. Existe un exquisito plato elaborado con cangrejos de río; para él se realiza un guiso que incluye una salsa de tomate, cebolla, ajo, laurel, vino blanco y pimienta.

CANGREJO DE RÍO

CARABINEROS

mejor y más simple elaboración es la cocción en agua con sal, siendo a su vez exquisito a la plancha con un sofrito.

Caracoles. Limpiándolos muy bien previamente, y desprovistos ya de su mucosa, los de huerta se elaboran a la plancha, en salsa o en arroces. En cuanto a los de mar (buccinos), simplemente se los cuece en agua salada.

Carabinero. Su color y tamaño son de especiales características, por ser de un rojo intenso y medidas generalmente superiores a las del langostino, con el que tiene en la mesa una presencia semejante. Su

Centollo. Otro de los reyes del marisco. Es un gran cangrejo marino que, físicamente y dada su longitud y su gran cantidad de patas, recuerda una araña. Su mejor momento es a finales de la primavera, siendo preferibles las centollas, es decir las hembras. Se degusta cocido y, también y sobre todo, relleno y gratinado al horno. Platos muy originales son los pimientos rellenos de centollo y los crepes rellenos también con este marisco.

CARACOLES DE MAR

Mariscos

CENTOLLO

Cigala. Este crustáceo de largas pinzas constituye un plato exquisito, bien por sí solo, bien cocido o a la plancha, pudiendo alcanzar los 25 centímetros de longitud. Es un marisco que se halla de moda. Presenta un color entre grisáceo y rosado, y es muy abundante en el Mediterráneo. Dada su fragilidad, se recomienda que las cigalas sean cocinadas al instante, sirviéndoselas rebozadas (con las colas limpias), cocidas en agua salada (entre 3 y 4 minutos), a la plancha y a la parrilla. Las cigalas pequeñas son complemento perfecto de zarzuelas de mariscos y paellas, pero ello dependerá siempre del tamaño.

CIGALAS

111

GAMBAS

Gamba. Son muchas las variedades existentes de este crustáceo, que alcanza un máximo de vida aproximado de 7 a 8 años. En crudo, su tonalidad es rosa claro, que se torna en anaranjado suave al ser cocido. Se consiguen gambas frescas o congeladas, elaborándoselas cocidas, o asadas a la plancha acompañadas de limón. Otros platos con ellas son gambas al ajillo, gambas a la gabardina (con pasta orly), y en sopas de pescado, ensaladas o paellas.

Langosta. Considerada la reina de los crustáceos. De color pardo violáceo, pesa aproximadamente entre los 2 y los 2,5 kilos. Sus carnes son de gran calidad y carnosidad, y constituyen un aliciente en cualquier mesa. Se la puede preparar asada a la plancha, a la parrilla y con salsas de acompañamiento (holandesa o tártara).

LANGOSTA

Mariscos

LANGOSTINOS

10 a 15 minutos pueden ser suficientes para cocerla en agua salada, dependiendo esto, en última instancia, de su tamaño.

Langostino. De mayor tamaño que la gamba, se lo elabora de manera parecida a aquélla; la única diferencia planteada es que el langostino requiere mayor tiempo de cocción; dependiendo de su tamaño, el mismo puede ser de 2 a 3 minutos. Se lo puede conseguir fresco o congelado y se lo degusta cocido, al vapor o asado a la parrilla. Exquisito a la plancha con sal gorda. Dado su tamaño, y a diferencia de la gamba, la cola del langostino es presentada como plato en diversas elaboraciones.

Lapa. Molusco marino que suele aferrarse a las rocas. Alcanza por lo general entre 2 y 5 centímetros de longitud. Se puede consumir las lapas lavadas al natural, crudas con limón, cocidas, en sopa...

LAPAS

113

MEJILLONES

Mejillón. Pese a su menor categoría en el mundo de la cocina, este modesto molusco ha sabido hacerse un sitio en la gastronomía popular. Es sumamente apreciado. Admite muchas técnicas culinarias: mejillones cocidos sólo al vapor, o a la vinagreta, gratinados, en salsa y en paellas, ensaladas y cócteles.

Navaja. Este molusco de cuerpo alargado recibe su nombre por el parecido que tiene con el objeto cortante que lleva su mismo nombre. Cocidas al vapor, las navajas son acompañadas de limón o alguna salsa fría.

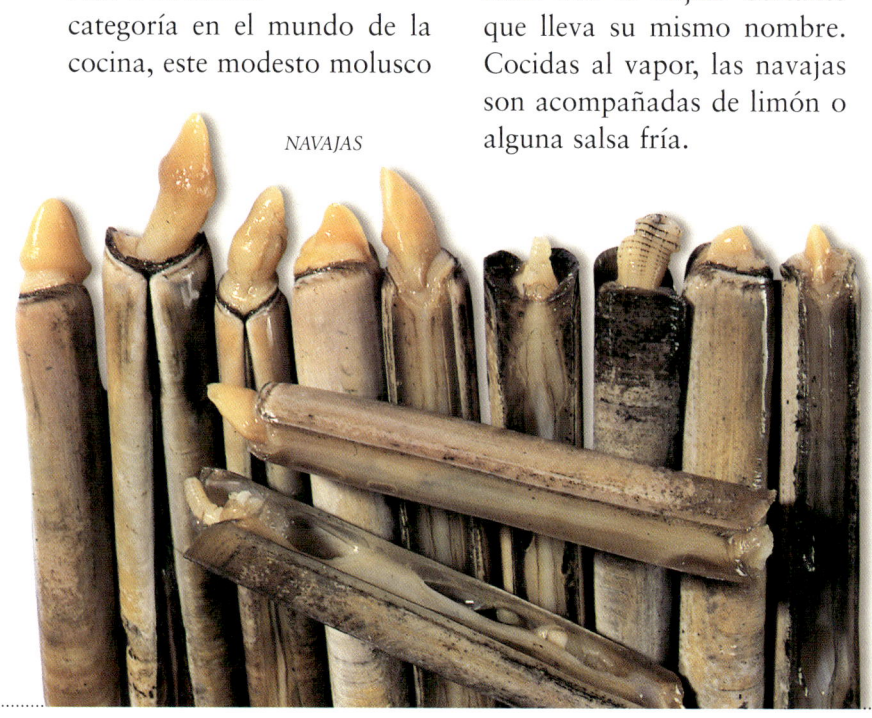

NAVAJAS

Mariscos

NÉCORA

Nécora. Perteneciente a la familia de los cangrejos marinos, su tonalidad rojiza es intensa, resultando exquisita simplemente cocida en agua salada. Se presenta en la mesa acompañada únicamente por limón.

das, en crudo, únicamente abierta y con limón fresco hasta aderezarla al propio gusto. Pero también se la suele preferir gratinada al horno, con una suave capa de salsa holandesa.

OSTRAS

Ostra. Son muchas las variedades de este molusco, todas ellas de diferente tamaño y forma. El método más recomendable de consumirla es, sin lugar a du-

PERCEBES

Percebe. Es uno de los crustáceos más exquisitos. Se dice del percebe que es el marisco que posee mejor sabor a mar. Vive adherido a las rocas de aguas muy batidas, en colonias que forman piñas compactas. En cuanto a la forma de prepararlo, no cabe discusión: los percebes se toman cocidos en agua, preferentemente marina; se los introduce en la cazuela cuando el agua rompe a hervir, para con el siguiente hervor retirarlos y presentarlos en la mesa tal cual, aun cuando se consumen una vez enfriados.

Pulpo. Cefalópodo de ocho grandes patas (tentáculos), presente en las costas templadas. Se prepara al modo del calamar, aunque es necesario golpear su carne para que pierda elasticidad. Exige una larga cocción en agua salada. Se prepara en salsa. En tierras gallegas prefieren elaborarlo con sal gorda, pimentón y aceite de oliva; y también en ensaladas o con acompañamiento de salsas.

PULPO

Mariscos

Quisquilla. Dado su pequeño tamaño, se recomienda consumirla cocida. Su cocción es muy breve.

Sepia. Molusco de la familia de los cefalópodos. Una vez limpio, se prepara a la plancha o con salsa de su propia tinta, a la parrilla (entera), en arroz (cortada), o frita con pasta orly.

Vieira. Conocida también como concha del peregrino. Después de procederse a su desconchado y limpieza, se puede elaborar a la parrilla, o bien rebozarla o freírla. Con todo, la forma más típica de degustarla es gratinada en su propia concha con su relleno y un poco de pan rallado por encima.

Los erizos de mar, las tortugas, e incluso las ranas, si bien no pueden ser considerados mariscos, son géneros que, entre muchos otros provenientes de aguas

QUISQUILLAS

dulces o saladas, también dan pie a exquisitos platos que merecerían ser estudiados. De todos modos, sólo en el ámbito de los mariscos la lista a la que atender sería interminable, por lo que no resulta posible, aquí, extenderse más allá de

VIEIRAS

límites prefijados alrededor de lo más reconocible en nuestra cocina de todos los días. Y, en cualquier caso, bueno es que se tenga en cuenta hasta qué punto son realmente exquisitos los manjares que nos regalan las diferentes aguas del mundo.

La cocción al vapor de mariscos puede efectuarse en una cazuela apropiada al efecto; una máquina especial (cocedora de vapor) supone una garantía si se quiere presentar un marisco en la mesa con sus cualidades intactas.

Ahora bien, si ello es posible, recomendamos en todos los casos señalados en los que se indicaba la cocción como método, que ésta sea realizada con agua marina bien filtrada antes que con agua y sal: la diferencia será notable.

Si debemos tratar con crustáceos grandes (langostas o bogavantes, o incluso cigalas de gran tamaño), hemos de abrirlos longitudinalmente en vivo en el momento mismo de asarlos a la plancha o a la parrilla.

El limón es el acompañante casi imprescindible en cualquier

Mariscos

En ciudades del sur de España, como Sanlúcar de Barrameda, la captura y la venta diaria de determinados mariscos forman parte de su vida cotidiana.

elaboración de marisco, ya sea ésta en crudo, cocida o asada.

Existen muchos preparados con este género: sopa de mariscos, zarzuela de mariscos, paella de mariscos... y, también, una exquisita crema de mariscos muy parecida a la salsa de mariscos, más conocida como salsa americana.

Consejos y trucos para el marisco

Importante y a tener en cuenta: cuando se confeccione un menú en el que esté prevista la intervención del marisco, e incluso dependiendo de la especie, el mismo posee un elevado porcentaje de desperdicio, que puede establecerse entre el 50 y el 60 por 100 del género tratado.

El agua de mar, limpia y si es posible filtrada, es el mejor elemento de apoyo a la hora

La selección del marisco es el primero y más importante paso para asegurar su calidad. Por ello es fundamental tener en cuenta la experiencia de los profesionales de la cocina.

de cocer mariscos, en vez del agua con sal tan habitual.

En caso de no disponerse de la misma, se procurará que la sal de la cocción sea sal marina. Indicamos este hecho expresamente con el fin de que el aroma y el sabor a mar permanezcan en el marisco.

En la preparación de un marisco de gran tamaño (una langosta), hemos de abrir el crustáceo ayudados de un cuchillo por la mitad, de forma longitudinal, en dos partes iguales desde la cabeza hasta la cola. Esta operación deberá ser realizada en vivo, exactamente en el instante en que tengamos el horno o la plancha a punto para asarlo. Si no deseamos que el crustáceo sufra, podemos introducirlo

Mariscos

en el congelador durante media hora antes de seccionarlo.

Entre dos piezas de marisco de la misma especie e igual tamaño, se considera como de mayor calidad la de mayor peso: la más pesada estará más llena y en mejores condiciones de ser consumida.

La tinta contenida en los calamares y similares da nombre a un exquisito plato, que basa su sabor y color en la salsa elaborada con la misma. De todos modos, no es recomendable consumir la tinta de los calamares en crudo, pues resulta un tanto tóxica. Una vez cocinada, debido a la acción del calor desaparece dicho factor de riesgo.

Para cocer enteros un bogavante o una langosta es preciso atar la cola estirada en una tablilla. Así se evitará que el marisco se mueva en la cazuela. Una vez cocido el marisco, la cola adquirirá una forma idónea para ser presentada en frío de manera atractiva, constituyéndose en una Bellavista tras su complementación con gelatina.

Si se desea cocer o asar a la plancha, o en el horno, colas de gambas o langostinos, y si se procura que no adquieran su habitual forma curva, se conseguirá que las mismas permanezcan rectas introduciéndoseles un palillo en el momento de su cocción; por supuesto, retiraremos éste con anterioridad al consumo de las colas.

Existen viveros para toda clase de marisco. En esta imagen vemos un vivero de ostras en Francia.

Hay un modo de distinguir si un langostino o una gamba son frescos o congelados: si al pelarlos el caparazón está muy pegado a la carne, se trata de productos congelados.

Conservación del marisco

En muchas ocasiones hemos podido observar en pescaderías, marisquerías o restaurantes cómo mariscos de todo tipo se encuentran en un acuario a temperatura controlada y con agua bien oxigenada. De este modo, cuando el cliente los solicita, se procede a elaborarlos en vivo, siendo éste el mejor de los métodos de conservación de mariscos (y pescados, dándose esto por descontado).

Además de tal caso, y dependiendo de su tamaño y variedad, los mariscos pueden disponerse en una cámara refrigeradora para pescado y marisco exclusivamente, en cajones de acero con hielo pilé o cubiertos de paños húmedos.

La condición del marisco es delatada de inmediato por el olor; el olor será malo si el marisco lleva tiempo sin cocción. Por ello recomendamos que, siempre que sea posible, se lo cocine en el día, o, a lo sumo, al día siguiente y no más.

Los mariscos pueden ser congelados siempre que se los coja frescos. Para ello hemos de contar con un buen congelador, anotando la fecha de inicio de congelación en una etiqueta de la bolsa del marisco. No mantenerlo en tal condición más de un mes supone consumirlo dentro de un tiempo prudencial.

Mariscos

En algunos casos se puede congelar el marisco en estado natural si previamente se lo limpia (gambas o langostinos); en otros (correspondientes a algunos otros moluscos), se lo desconcha y se lo congela sin la concha.

Los grandes crustáceos (langosta o bogavante) deben ser cocidos antes de procederse a su congelación.

En todos los casos señalados utilizaremos recipientes o bolsas de plástico bien asépticas.

Y recordamos una vez más, tal como ya indicamos en lo referente a pescados, que, una vez descongelado, jamás se debe volver a congelar un marisco.

En el caso de las ostras, poco podemos decir acerca de su conservación, ya que la forma más común de consumirlas es vivas. De tal manera, la garantía en este caso consistirá en saber adquirirlas así, vivas.

Valores nutritivos del marisco

El marisco es rico en proteínas, vitaminas y sales minerales, y bajo en calorías.

La mayoría de los mariscos (cangrejos, nécoras, cigalas, gambas, langostinos...) contienen mucho colesterol (crustáceos), aunque otros (almejas, ostras, vieiras, mejillones) presentan índices muy bajos del mismo.

Por norma general, los mariscos son un género que, dadas sus especiales cualidades nutricionales, resultan sumamente apreciados en cualquier dieta que se precie.

Los mariscos presentan el inconveniente de resultar un tanto indigestos, resultando fuertes en algunos casos. Hay que señalar que pueden producir afecciones alérgicas a personas sensibles. Y, más aún, se debe poner especial cuidado en su adquisición, ya que pueden ocasionar peligrosas intoxicaciones.

Nuevamente: no debe olvidarse que hay que comprar el marisco vivo o cocido, y que es preciso detectar en el mis-

Mujeres preparando almejas para ser envasadas en una factoría chilena.

mo un agradable olor a mar.

En el caso concreto de las almejas, si éstas van a ser consumidas en crudo, nuestro cuidado será el máximo a la hora de adquirirlas, exigiendo la garantía de que no proceden de una zona marina insalubre o que han pasado por una depuradora.

Ocurre que, durante su vida, las almejas actúan como filtros, por lo que si las aguas que toman contacto con ellas están contaminadas, contendrán gran cantidad de gérmenes patógenos.

Acto seguido, ofrecemos a título orientativo algunas características generales del marisco en lo que a sustancias nutritivas se refiere:

Clasificación de los mariscos

Especie	Grasas %	Proteínas %	Hidratos de carbono %
Almeja	1-2	12-14	3-4
Bogavante	3-5	18-20	0,5
Buey de mar	4-5	12-14	
Calamar	4-6	8-10	
Cangrejo de mar	3-5	12-14	
Centollo	2-3	13-15	
Cigala	4-6	20-25	
Gamba	2-3	20-22	
Langosta	3-5	18-20	0,5
Langostino	8-10	40-45	
Mejillón	1-2	16-18	
Navaja	1-2	25-27	
Nécora	2-4	12-14	
Ostra	1-2	8-10	3-4
Percebe	1-2	18-20	0,5-1
Quisquilla	1-2	22-24	0,5
Sepia	6-8	8-10	
Vieira	1-2	13-15	

La receta de Karlos Arguiñano

Almejas al horno

Ingredientes y cantidades
(para 4 personas)
40 almejas (10 por persona)
aceite de oliva virgen
2 dientes de ajo
8 cebollinos
1 cebolleta tierna
1 puñado de pan rallado
sal
perejil
agua

Elaboración

Mezcla el ajo, la cebolleta, el perejil y el cebollino, todo picado muy fino, con el pan rallado y sal. Liga esta mezcla con aceite hasta conseguir una especie de provenzal.

En un cazo con un poco de agua abre las almejas al calor. Guarda el caldo que suelten y coloca las almejas en una fuente de horno. Echa encima de cada almeja un poco de provenzal y gratina durante 3 a 5 minutos.

Aprovecha para calentar el caldo y viértelo sobre las almejas gratinadas antes de servir.

Puedes decorar con un poco de cebollino.

La receta de Karlos Arguiñano

Buey de mar al horno

Ingredientes y cantidades
(para 4 personas)
2 bueyes de mar de 800 g cada uno
2 cebollas
1 ajo
1 copa de brandy
1/2 vaso de tomate
mantequilla
pan rallado
perejil
aceite
sal
lechuga

Elaboración

Cuece los bueyes de mar en agua hirviendo con sal. Saca la carne del caparazón y las patas.

Saltea la verdura y añade la carne con el tomate y, por último, el brandy. Flambea y rellena los caparazones con esta mezcla.

Después, echa encima pan rallado y mantequilla y pon a gratinar con perejil durante 2 o 3 minutos.

En una fuente coloca unas hojas de lechuga y, sobre ellas, las patas y el buey de mar gratinado.

La receta de Karlos Arguiñano

Calamares en su tinta

Ingredientes y cantidades
(para 4 personas)
1 kg de calamares limpios
tinta de los calamares
4 o 5 cebollas
2 dientes de ajo
perejil picado
aceite de oliva
sal
agua

Para la guarnición:
arroz blanco cocido
triángulos de pan tostado o frito

Elaboración

Corta toda la cebolla en juliana, sazona y ponla a sofreír, junto con los ajos picados, en una cazuela con aceite. Sazona, y cuando esté todo bien pochado, añade la tinta disuelta con un poquito de agua y sal gorda. Mézclalo todo bien y pásalo por la batidora. Coloca la salsa en una cazuela y añade los calamares troceados. Guísalos durante 35 minutos aproximadamente, hasta que estén tiernos, y sírvelos acompañados de arroz blanco y unos costrones de pan frito o tostado. Por último, espolvorea con perejil picado.

La receta de Karlos Arguiñano

Cóctel de carabineros

INGREDIENTES Y CANTIDADES
(para 4 personas)
400 g de verdura (lechuga, treviso, berros, escarola)
2 aguacates
200 g de colas de carabineros cocidas
1 tomate
1 manojo pequeño de cebollino
2 melones «rosas»

Para la salsa rosa:
1/2 l de aceite
3 cucharadas de vinagre de vino
1 huevo
1/2 naranja de zumo
tabasco (unas gotas)
salsa perrins (unas gotas)
2 cucharaditas de brandy
tomate ketchup
sal

ELABORACIÓN

Corta las hojas de lechuga en juliana y deposita éstas en un recipiente. Añade las colas de los carabineros y mézclalo todo con salsa rosa. Una vez hecho esto, rellena un melón y adórnalo con unas colas enteras de carabineros. Después, colócalo en una fuente y decora con un poco de lechuga en juliana, unas láminas finas de aguacate alrededor y tomate troceado en forma de dados. Por último, cubre con un poco de cebollino.

La receta de Karlos Arguiñano

Espuma de langostinos

Ingredientes y cantidades
(para 4 personas)
- 400 g de langostinos cocidos y pelados
- 150 g de queso de untar
- 2 o 3 cucharadas de mahonesa
- 1 cucharadita de mostaza
- sal
- 2 huevos duros picados
- 1/2 vasito de agua
- 1 naranja
- 1 limón

Elaboración

Reserva las 4 colas de langostinos más grandes y pica el resto. Pasa por la batidora el queso, la mahonesa, la mostaza, la sal y el chorrito de agua. Bate todo bien hasta obtener la espuma. Añade después los langostinos picados y mezcla. Sírvelo en copas colocando encima las colas de langostinos abiertas por la mitad. Espolvorea con huevo picado y adorna con rodajas de naranja y limón.

Mariscos

La receta de Karlos Arguiñano

Gambas al ajillo

Ingredientes y cantidades
(para 4 personas)
600 g de gambas
4 dientes de ajo
1/2 guindilla picante
aceite
sal
perejil picado

Elaboración

Pela las gambas en crudo. Calienta el aceite y fríe los ajos en láminas y la guindilla cortada en aros. Después, agrega las gambas, sazona y deja que se hagan unos minutos dándoles vueltas en la sartén.

Espolvorea con perejil y sirve.

La receta de Karlos Arguiñano

Langostinos al horno

Ingredientes y cantidades
(para 4 personas)
24 langostinos (congelados)
3 ajos picados
1 vaso de aceite
1 limón
1 copa de brandy
1/2 guindilla
perejil picado

Elaboración

Una vez que los langostinos estén descongelados por completo, ábrelos por la mitad y colócalos en una fuente de horno con la cáscara hacia abajo. Sazónalos y riégalos con una salsa que habrás hecho anteriormente mezclando ajo picado, guindilla, también picada, y aceite.

Mete en el horno caliente a 125 °C durante 10 minutos y saca.

Riega los langostinos con su propio jugo, que han soltado al asarse en el horno.

Aparte, flambea el brandy y agrégale perejil picado.

Con esta mezcla rocía los langostinos y sirve.

Mariscos

La receta de Karlos Arguiñano

Pastel de gambas y mejillones

Ingredientes y cantidades
(para 4 personas)
300 g de hojaldre
1 kg de mejillones
300 g de gambas peladas
1 cebolleta
1 diente de ajo
100 g de queso fresco
1,5 dl de nata
3 huevos
pimienta negra molida
agua
sal

Elaboración

Extiende el hojaldre, colócalo en un molde rectangular de 3 cm de altura y mételo en el horno a 200 °C durante 15 minutos.

Limpia bien los mejillones y ponlos a cocer en una cazuela con un poco de agua a fuego vivo hasta que se abran, y después separa la carne de sus valvas.

Coloca en el hojaldre los mejillones alternando con las gambas.

En un bol pica muy finos la cebolleta y el ajo, y mézclalos con los huevos batidos, el queso fresco en trocitos y la nata. Ponlo a punto de sal y pimienta y vierte todo en la pasta horneada, metiéndolo luego en el horno durante 30-35 minutos a unos 100 °C. Una vez en la mesa, puedes acompañar el plato con salsa de tomate.

La receta de Karlos Arguiñano

Pulpo guisado

Ingredientes y cantidades
(para 4 personas)
600 g de pulpo
1 cebolla
2 o 3 dientes de ajo
perejil picado
1 cucharada de pimentón
1 cucharada de harina
1 vaso de vino blanco
3 patatas (fritas en dados)
2 pimientos asados en tiras
aceite
agua
sal

Elaboración

Cuece el pulpo de 1 hora y cuarto a 1 hora y media en abundante agua con sal. Una vez cocido, déjalo reposar y pártelo en trozos pequeños.

En una cazuela con aceite, pocha la cebolla y el ajo bien picados. Después, añade el pimentón y rehoga; agrega a continuación la harina y sigue rehogando.

Moja con el vino blanco y 2 cazos de agua, agrega el pulpo cocido, las patatas y los pimientos. Espolvorea con perejil picado y guísalo durante 5 minutos aproximadamente.

La receta de Karlos Arguiñano

Vieiras a la gallega

Ingredientes y cantidades
(para 4 personas)
16 vieiras
2 cebollas
2 ajos
1 vaso de albariño
caldo de pescado
harina
pan rallado
perejil
aceite
sal
pimienta blanca

Elaboración

Lava las vieiras. Ponlas al vapor para que se abran. Quita una de las conchas, la que no tiene carne. A la otra le sacas la vulva, que pondrás en agua unos minutos. La escurres y la fríes en aceite muy caliente. Reserva.

Pocha la cebolla picada y el ajo. Añade un poco de harina, el vino y dos cucharadas de caldo. Deja que se reduzca y rectifica de sal.

Coloca nuevamente la vulva en la concha, cubre con la salsa, espolvorea con pan rallado y pon unas gotas de aceite.

Mete las vieiras en el horno a gratinar unos minutos hasta que se doren.

La receta de Juan Mari Arzak

Bogavante con aceite de su coral y macarrones de cebollino fresco

INGREDIENTES Y CANTIDADES
(para 4 personas)
4 bogavantes de ración de unos 500 g cada uno
2 cucharadas de aceite de grano de uva
agua
sal

Para el aceite de su coral:
3 cabezas de bogavante cocidas
1/4 l de aceite de grano de uva

Para la salsa de cebolleta y puerros:
4 cebolletas frescas
4 puerros pequeños
40 g de mantequilla
1/8 l de caldo de ave
2 yemas
100 g de queso fresco
2 cucharadas de aceite de oliva virgen
1 cucharada de vinagre de jerez
1 pizca de sal
pimienta
azúcar

Para los macarrones de cebollino:
20 macarrones tipo penne rigati
1 manojo de cebollino fresco
20 g de mantequilla
1 cucharada de vinagre de jerez
1 cucharada de aceite de grano de uva

agua
sal
pimienta

Para la guarnición:
bolitas de patata salteadas
espárragos verdes salteados
cebollino picado
perifollo

ELABORACIÓN

Trincha los bogavantes separando la cabeza y las pinzas de la cola y cortando los tres primeros anillos de cada uno; deja entero el resto. Quita la piel de la parte interior de los anillos y la cola con ayuda de unas tijeras, dejando el caparazón exterior.

Cuece aparte las pinzas de los bogavantes en agua salada o al vapor durante unos 3 minutos. Pélalas.

Para el aceite de su coral:
Deja macerar las cabezas de los bogavantes cocidas y trituradas durante 4 días en aceite. Cuela después con un paño o estameña.

Para la salsa de cebolleta y puerros:
Corta las cebolletas y los puerros en juliana fina. Póchalos con mantequilla y aceite durante 30 minutos a fuego muy lento. Añade luego el

La receta de Juan Mari Arzak

caldo de ave y reduce. Tritura y cuela. En un cazo aparte, monta un poco las yemas y añade el puré anterior, el queso fresco y el vinagre de jerez. Sazona con sal y pimienta añadiendo un poquito de azúcar.

Para los macarrones:

Cuece los macarrones en agua hirviendo salada durante 10 minutos. Rellénalos con cebollino fresco recortado al mismo tamaño. Saltéalos con mantequilla, unas gotas de agua, vinagre de jerez y aceite de grano de uva, moviendo la preparación hasta conseguir una ligera emulsión. Salpimenta.

Final y presentación:

Saltea los trozos de bogavante en una sartén con aceite de grano de uva.

Coloca los trozos de bogavante y sus pinzas de forma irregular en el plato, napándolos ligeramente con la salsa y acompañados en un costado con el aceite de su coral. Instala entre ellos los macarrones rellenos de cebollino y las verduritas salteadas, el cebollino picado y el perifollo.

La receta de Juan Mari Arzak

CIGALITAS SALTEADAS CON CIRUELAS Y PIMIENTOS DEL PIQUILLO

INGREDIENTES Y CANTIDADES
(para 4 personas)
1,200 kg de cigalitas (20 piezas aproximadamente)
20 piezas de pimiento del piquillo de Lodosa
1 cebolla hermosa
1/4 kg de pimiento verde
20 láminas finas de tocino
20 ciruelas pasas
2 cucharadas de perejil picado
1/2 manojo de perifollo deshojado (o de perejil rizado)
1 dl de aceite de oliva
agua
1 diente de ajo

Además:
20 palillos
1 cortapastas redondo de 5 cm de diámetro

ELABORACIÓN

Saltea los pimientos del piquillo con el ajo y la mitad del aceite. Saca de ellos, con un cortapastas, 20 redondeles. Corta en juliana el piquillo sobrante.

Pica en juliana muy fina los pimientos verdes y la cebolla. Ponlos en una sartén a fuego suave con el resto del aceite (salvo una cucharada, que reservarás para salsear las cigalitas). Añade la juliana de cebolla y pimiento verde y deja hacer suavemente, pochando. Cuando todo esté casi hecho, añade los pimientos del piquillo en juliana y termina de hacer.

Quita las pepitas de las ciruelas.

Pela las cigalitas, reservando las cuatro cabezas más vistosas. Cuece las cabezas de las cigalitas con agua y abundante sal.

Alrededor de cada una de las ciruelas coloca cigalitas en círculo. Forra luego por el lateral con la lámina de tocino, sujetándolo todo con un palillo.

En una sartén saltea brevemente, con una cucharada de aceite, las pequeñas brochetas de cigalitas, tocino y ciruela. Salpimenta y añade el perejil picado.

Presentación:

Pon en el centro de cada plato una parte de la juliana de pimientos y cebolla ya pochada; y, alrededor, cinco redondeles de pimientos del piquillo. Coloca sobre éstos las cigalitas con las ciruelas y el tocino, quitando previamente los palillos. Pon sobre la piperrada central una cabeza de cigalita cocida. Decora con perifollo deshojado o con perejil picado.

Mariscos

La receta de Juan Mari Arzak

La receta de Juan Mari Arzak

Ostras calientes con zumo de espinacas y perejil

Ingredientes y cantidades
(para 4 personas)
24 ostras planas (doble cero)
1/4 kg de espinacas
unas ramitas de perejil
1 dl de nata líquida
250 g de mantequilla
2 yemas
agua
sal gorda
sal fina
unas gotas de limón
perejil rizado

Elaboración

Cuece las espinacas en agua hirviendo con bastante sal (10 gramos por litro). Mantenlas unos 3 minutos desde que rompan a hervir. Refréscalas en un recipiente con agua fría durante 2 o 3 minutos, con el propósito de que se les quede un bonito color verde. Luego, escúrrelas bien y tritúralas muy fino, junto con unas hojas de perejil fresco. Una vez bien fino este puré, saltéalo con 30 gramos de mantequilla y liga con la nata. Comprueba de sazón y mantenlo al calor.

Monta una holandesa del modo que sigue. Funde el resto de la mantequilla dejándola al calor para que suelte el suero. En tanto, ve montando las yemas al baño maría añadiendo un poco de agua y unas gotas de limón. (Ten cuidado de que no cuajen las yemas por exceso de calor). Ve añadiendo la mantequilla líquida, sin suero, a las yemas, poco a poco. Verás que se van montando, emulsionando. Resultará una salsa no muy espesa ni muy ligera, sino más bien untuosa. Si ves que queda demasiado espesa, aligera con un poco de nata líquida o con agua. Mantén esta salsa al calor. Lo más importante para que no se corte es que, al montar, la temperatura de las yemas y de la mantequilla sea similar, siempre bastante templada.

Abre las ostras, tira su concha plana y, con la ayuda de una cucharilla de café, separa la carne de la concha cóncava. Escurre bien el jugo de cada ostra sobre la salsa holandesa ya montada. Coloca sobre la concha cóncava un poco de la crema de espinacas que tenías reservada. Pon encima la carne de la ostra en crudo y napa con la salsa holandesa. En una placa de horno dispón una capa de sal gruesa y coloca encima las ostras.

Final y presentación:

Gratina las ostras durante 3 minutos en la salamandra o gratinadora del horno hasta que comien-

La receta de Juan Mari Arzak

cen a dorarse por encima. Sácalas del horno. Prepara en cada plato un lecho con sal gorda y ramitas de perejil rizado, sobre el que colocarás las ostras y que les servirá de base y apoyo. Sírvelas calientes.

Índice

Aceite de oliva, 34, 36, 116.
Almejas al horno (receta), 126.
Anchoas al papillote, fritas al ajillo y albardadas (receta), 76-77.
Anchoas picantes con cebolla (receta), 58.
Atún asado (receta), 59.
Bacalao fresco con sus kokotxas en salazón al pil pil y aceite de choriceros (receta), 78-79.
Bacalao rebozado en fritada (receta), 60.
Baffin, isla de, 9.
Bebidas carbónicas, 26
  cava, 27
  cerveza, 26
  gaseosa, 26
  sidra, 27
  sifón, 26.
Bermudas, islas, 45.
Besugo al horno (receta), 61.
Besugo asado al tocino ibérico y berza con aceite de brécol (receta), 80-81.
Bogavante con aceite de su coral y macarrones de cebollino fresco (receta), 136-137.
Buey de mar al horno (receta), 127.

Calamares en su tinta (receta), 128.
Caldereta de pescado (receta), 62.
Chicharro con tomate al horno (receta), 63.
Cigalitas salteadas con ciruelas y pimientos del piquillo (receta), 138-139.
Cóctel de carabineros (receta), 129.
Cogote de salmón al horno (receta), 64.
Congrio al azafrán con chirlas (receta), 65.

Egipto, 9.
Especias, 22
  guindilla seca, 29
  pimienta, 22, 34, 109.
Espuma de langostinos (receta), 130.

Francia, 121.
Frutas, 30.

Gallo y lenguado con espárragos (receta), 66.

Gambas al ajillo (receta), 131.

Hierbas aromáticas, 22, 23, 27, 29
  laurel, 22, 35, 109
  perejil, 22, 25, 27, 29, 30
  pimentón, 116
  romero, 22
  tomillo, 35.
Irán, 57.
Islandia, 45.

Japón, 14.

Langostinos al horno (receta), 132.
Leche, 22, 25, 42.
Limón, 22, 24, 25, 29, 30, 42, 112, 113, 115, 118.
Lomos de dorada con salsa de espinas y quisquillas (receta), 82-83.
Lubina a la sal (receta), 67.
Lubina en emulsión de ajo confitado y aceite de cacahuete (receta), 84-85.

Mantequilla, 25, 57.
Mariscos, 8, 9, 10, 101-141
  abacanto, 107
  almejas, 102, 104, 105, 106, 124, 125
  berberechos, 104, 106
  bogavante, 104, 107, 118, 121, 123, 125
  buey de mar, 104, 108, 125
  calamar, 104, 105, 108, 121, 125
  cangrejo de mar, 104, 109, 125
  cangrejo de río, 104, 109
  cangrejos, 10, 102, 108, 124
  carabinero, 104, 110
  caracoles, 105, 110
  caracoles de huerta, 104, 110
  caracoles de mar, 104, 110
  caracoles de río, 105
  centollo, 104, 108, 110, 125
  chipirón, 104, 108
  chirlas, 106
  cigala, 104, 111, 118, 124, 125
  concha del peregrino, 117
  crustáceos, 10, 103, 105, 107, 109, 111, 112, 116, 118, 120, 124
  gambas, 102, 104, 112, 113, 121, 122, 123, 125
  langosta, 104, 107, 112, 118, 120, 121, 123, 125

  langostinos, 102, 104, 110, 113, 121, 122, 123, 124, 125
  lapa, 104, 113
  lubricante, 107
  mejillones, 104, 105, 114, 124, 125
  moluscos, 10, 103, 104, 105, 106, 114, 115, 123
  navajas, 104, 114, 125
  nécoras, 104, 115, 124, 125
  ostras, 104, 105, 115, 121, 123, 124, 125
  percebes, 104, 116, 125
  pulpo, 10, 104, 116
  quisquillas, 104, 117, 125
  sepia, 104, 108, 117, 125
  vieiras, 104, 105, 117, 124, 125.
Merluza al papillote (receta), 68.
Merluza con almejas en salsa verde (receta), 86-87.
Mero al estilo canario (receta), 69.
Mero al horno con salsa de zanahorias y coco (receta), 88-89

Noruega, 45.

Ostras calientes con zumo de espinacas y perejil (receta), 140-141.

Pan rallado, 26, 117.
Pastel de gambas y mejillones (receta), 133.
Pastel de pescado (receta), 70.
Péndulos de lenguado rellenos de verduras con jugo de almejas (receta), 90-91.
Pescadilla al vapor con pisto (receta), 71.
Pescados, 7-99
  a la molinera, 25
  a la parrilla, 21
  a la plancha, 21
  a la sal, 29
  ahumado, 36
  al azul, 24
  al horno, 21
  al vacío, 37
  al vapor, 22
  anchoa, 15, 19, 30, 34, 35, 44
  anguila, 15, 30, 36, 44
  anguila de mar, 48
  angula, 45
  arenque, 36

asado, 28
atún, 9, 15, 20, 30, 34, 45
azules, 15, 38, 39, 40, 44, 47, 56
bacalao, 21, 27, 30, 33, 41, 45, 50
beluga, 57
besugo, 28, 29, 30, 46, 47
blancos, 14, 15, 38, 40, 49
bonito, 15, 20, 30, 34, 46
boquerón, 44
caballa, 15, 30, 47
cabracho, 57
carpa, 9
caviar, 57
chicharro, 30, 47
cocido, 21
congelación, 32
congrio, 30, 48
dorada, 15, 29, 30, 48
empanados, 25
en caldo corto, 22
en escabeche, 34
en orly, 26
en papillote, 29
en salsa, 26
enharinado, 24
enlatado/embotado, 35
escalfado, 22
esturión, 36, 37
esturion maypre, 57
frito, 24
gallo, 15, 18, 30, 48, 54
grasos, 15
gratinados, 21
jurel, 47
lenguado, 15, 18, 20, 22, 23, 25, 30, 41, 48, 54
lubina, 15, 27, 30, 50
lucio, 9, 15
magros, 14
merluza, 15, 17, 19, 27, 30, 42, 50, 51, 52
mero, 30, 52

pescadilla, 18, 51, 52
pez espada, 57
rape, 15, 27, 30, 41, 53
raya, 41, 57
rebozados, 25
refrigeración, 31
robaliza, 50
róbalo, 50
rodaballo, 14, 15, 18, 27, 29, 30, 54
rosados, 15
salazón, 33
salmón, 9, 15, 22, 30, 36, 43, 54
salmonete, 15, 18, 23, 30, 34, 55
sardina, 15, 28, 30, 34, 56
secado, 33
semiazules, 15
semiblancos, 15, 40
semigrasos, 15
trucha, 15, 18, 22, 25, 28, 30, 34, 36, 43, 56
trucha arco iris, 56
trucha común, 56
trucha de alta montaña, 56
trucha de lago, 56
trucha de río, 50
verdel, 47
Pulpo guisado (receta), 134.

Rape con salsa de karramarros (cangrejos de mar) y puré de perejil (receta), 92-93.
Rodaballo al horno (receta), 72.
Rodaballo al horno con tomate confitado, verduras y briñones (receta), 94-95.
Rusia, 57.

Sales minerales, 38
calcio, 38
fósforo, 38
sodio, 38
yodo, 38.

Salmón ahumado frito con su piel crujiente y salsa de hinojo (receta), 96-97.
Salmón con verduras de primavera (receta), 73.
Salmonetes a la vinagreta de tomate con puré de salsifí (receta), 98-99.
Salsas, 27, 40, 43, 105, 112
americana, 27, 119
de calamares, 27
de mariscos, 53, 119
de pimientos, 27
de sidra, 27
de tomate, 27, 45, 108, 109
holandesa, 53, 112, 115
tártara, 52, 53, 112
verde, 27, 51, 105, 106.
Sanlúcar de Barrameda, 119.
Sardinas rebozadas (receta), 74.
Sargazos, mar de los, 45.

Terranova, 45.
Truchas con fritada al horno (receta), 75.
Txacolí, 27.

Verduras, 22, 23, 24, 29, 30, 35, 39
ajo, 29, 35, 109
cebolla, 22, 109
cebolleta, 35
patatas, 30
puerro, 22, 35
tomates, 30
zanahoria, 22, 35.
Vieiras a la gallega (receta), 135.
Vinagre, 22, 24, 34, 42.
Vino blanco, 22, 27, 43, 109.
Vino tinto, 22.
Vitaminas, 38, 39, 40, 124
A, 38
B, 38
D, 38.
Vodka, 57.

143